柑橘ゆすら
イラスト 青乃下
キャラクター原案 長月郁
王立魔法学園の最下生
〜貧困街《スラム》上がりの最強魔法師、貴族だらけの学園で無双する〜

アルス・ウィルザード

幼い頃から魔法師ギルド《ネームレス》の
暗殺者として鍛錬を重ねた魔法師。
庶民であるにもかかわらず魔法が使える
【呪われた血】の持ち主。

サッジ
アルスのことをアニキと慕う、
魔法師ギルド《ネームレス》のメンバー。
その力任せの仕事振りから
猛牛《バッファロー》の異名を持つ。
ルウ
レナの幼馴染の一つ星《シングル》の貴族。
レナとは対照的な
ゆるい雰囲気を感じさせる少女。
レナ
三つ星《トリプル》の貴族に絡まれていたところを
アルスに助けられる。
魔法の才能に溢れた
生真面目な一つ星《シングル》の貴族。

これで終わりだな。
接近して男の武器を蹴り飛ばした俺は、
男の額に向かって銃口を突き付ける。
「お前、まだガキだったのか……!?」

間近で俺の顔を目にした男は、
最後にそんな言葉を漏らしていた。
悪かったな。まだガキで。
こちとら五歳の時から、
この仕事をしているんだ。
実年齢と想像年齢が
乖離してしまうのは、
仕方のないことだろう。

「ねえ……。これはどういうことなの……!?
アルスくんのが、欲しくて欲しくて、

「堪らないみたいなの！」
頬を赤く染めたルウは、
更に積極的に俺の唇を求めてくる。
それにしても、こんなに早く
枯渇症状が出るとは想定外だったな。
「アルスくん……。
アルスくん……」

CONTENTS

THE IRREGULAR OF
THE ROYAL
ACADEMY OF MAGIC

ダッシュエックス文庫

王立魔法学園の最下生

～貧困街《スラム》上がりの最強魔法師、貴族だらけの学園で無双する～

柑橘ゆすら

―プロローグ― 呪われた子供

「へへっ。捕まえたぞ！　この疫病神《やくびょうがみ》がっ！」

まるでゴミを捨てるかのように店の外に投げ放り出された。

雨水の溜まった地面の上に投げ出され、盗んだばかりのパンは汚水を含んでグシャグシャになった。

「よくもまあ、ウチの商品を盗《と》ってくれたな！　このドブネズミが！」

力一杯に腹を蹴《け》り上げられ、口の中一杯に血の味が広がった。

初めて『盗み』に失敗したその日、たしかに俺は自らの『死』を覚悟していた。

「今日という今日は観念しろよ！」

「おい！　オレにもやらせろ！　このガキにはウチも手を焼いていたんだ！」

待ち伏せしていた大人たちが、小さな俺の体を次々に踏みつけていく。

「なんだ！　その眼は！　オレたちに何か文句があるっていうのか！」

文句ならある。

俺はただ、腹が減っていて、死にそうになっていただけなのだ。

そうでなければ、誰も好き好んで、盗みを働いたりはしない。

この世の中は、不公平だ。

俺のような孤児が、死と隣り合わせの毎日を送っている一方で、暖かい部屋の中で幸せな日常を過ごしている人間もいる。

貴族。

この世界では、生まれながらにして恵まれた立場にある人間をそう呼んでいるらしい。

今、こうして俺が汚水をすすっている間にも、貴族たちは、温かいスープを口にしているのないだろう。

物心ついた時からゴミを漁《あさ》って飢えを凌《しの》いできた俺の気持ちは、コイツらには分かるはずがない。

「おい……。このガキ……。なんて眼をしてやがる！」

「畜生《ちくしょう》！　舐《な》め腐りやがって！」

ヒステリックな声を発しながら、男たちは地面に落ちていた何かを拾って投げつけてくる。

石だ。

当たれば怪我《けが》をすることは免れないだろう。

だが、俺は避けることはしない。

何故だか、飛んできた石を弾き返せるという確信めいた予感があった。

「ひぃっ！　ま、魔法だ！」

男たちが悲鳴のように叫んだ。

飛んできた石は、風によって弾き返されて、男たちの体を掠《かす》めることになった。

「嘘だろ……？　どうして、こんなガキが魔法を……？」

「魔法って、貴族しか使えないんじゃなかったのかよ!?」

男たちが口々に何か叫んでいる。

これは後になって知った話であるが——。

魔法を使える人間は、貴族の家系に生まれた人間が多いと言われていた。

だが、何にでも例外はあるのだ。

俺のような魔法の適性がある庶民《しよみん》は、『呪われた血』と呼ばれて、忌《い》み嫌われる存在として扱われていた。

もしかして、助かるのか……？

男たちが怯《ひる》んだ一瞬の隙《すき》を見計らって、ぬかるんだ地面を蹴る。

「お、おいっ！　待ちやがれ！」

次に捕まることがあれば、今度こそ命はないだろう。

どこを目指していたわけでもない。

ただ、闇雲《やみくも》に夜の道を走っていた。

何日も、何日も、俺は歩いた。

降りしきる雨はやがて、雪に変わっていた。

視界が霞み、思考が徐々にぼやけたものになっていく。

体力の限界に達した俺は、知らない街の裏路地で壁に背中を預け、ひっそりと雪の降る空をずっと見続けた。


「ハハッ。坊主《ぼうず》。これは酷《ひど》い有様だな」


嗄《しわが》れた声がした。

重くなった瞼《まぶた》を開けた時、そこには男がいた。

「アバラの骨が折れている。栄養状態も悪いし、凍傷が酷いな。指先の感覚は、もう随分《ずいぶん》前からなくなっているんだろう？」

白髪交じりのその男は、まるで明日の天気を語るかのような気軽さで俺の体の状態を分析していた。

「坊主。二つに一つだ。どちらか好きな方を選べ」

先程までとは変わって真剣な表情で、男は告げる。

「このまま野垂《のた》れ死《じ》ぬか。オレに拾われ『人殺し』として生きていくか」

その時、男が言った『人殺し』が意味するところは、幼い俺には分からなかった。

だが、このまま寒空の下に身を晒《さら》せば、命がないことくらいは本能的に理解していた。

返事の代わりに俺は、男が差し伸べてきた手を握る。

「契約成立だな。お前、名はなんという？」

「…………」

意地の悪い男だと思った。

こちらの声が嗄《か》れていて出ないと気付いているのに尋ねてきたのだ。

「アル……ス……」

「そうか。アルスか。お前は、今日から、オレの息子だ」

閉ざされていた俺の世界に、光が差し込んだ瞬間であった。

―1話― 闇の魔法師としての日常

夢だ。随分と懐かしい夢を見ていた。

俺、アルス・ウィルザードが、裏の世界で魔法師を始めてから十年の月日が流れていた。

あの日、親父《おやじ》に拾われていなかったら、俺はあの寒空の下で、間違いなく息絶えていただろう。

「ひぃっ！　来るな！　来ないでくれえええ！」

時間や、場所は問わない。

煙と血の臭《にお》いで汚れた空間が、俺の仕事場だ。

機械のように、銃のトリガーを引き、敵魔法師の体に弾丸を打ち込み続ける。

「おい！　コイツ、誰か止めろ！」

「冗談だろ……？　なんて動きしてやがる！」

顔も名前も知らない人間を命じられるままに殺していくのが、親父に与えられた俺の新しい生き方である。

ここは暗黒都市《パラケノス》。

人々の負の欲望が渦巻《うずま》くこの街の治安を守ることが、魔法師ギルド《ネームレス》に課された使命であった。

「ふんっ。まさか、こんなに早く追い詰められることになるとはな」

警備の人間たちを蹴散《けち》らして、敵アジトの最深部に到着すると、今回のターゲットである男がそこにいた。

グレゴリー・スキャナー。三十八歳。男。

二つ星《ダブル》の貴族であり、違法な人身売買に手を染めている。

過去に四度の逮捕歴があるが、いずれも多額の裏金を積むことで釈放されている。

法で裁くことのできない悪人。

俺たち組織に狙われるには、十分過ぎる理由を持った人物だ。

「知っているぞ。お前、噂《うわさ》の死運鳥《ナイトホーク》だろう？」

ソファに腰を下ろして、咥《くわ》えたタバコに火を灯しながら男は言った。

「立つ鳥跡を濁さず。恐ろしく迅《はや》く、誰よりも静かに、仕事をこなすことからそう呼ばれるようになった。王室御用達《ロイヤルワレント》の殺し屋だ」

ペラペラとよく喋《しゃべ》る男である。

死運鳥《ナイトホーク》と呼ばれるのは、あまり好きではない。

真に優れた暗殺者は、誰に認知されることもなく、仕事を遂行《すいこう》するものなのだ。

通り名がついて、有名になってしまった時点で、俺の暗殺者としての技量は、未熟ということだろう。

「死運鳥《ナイトホーク》が現れたとあっちゃ、オレの悪運も此処《ここ》までだな。どれ。その技で以《もっ》て、一思いに殺してくれよ」


とんだ役者だな。この男。

この部屋に入った時から、ずっと違和感があった。

組織に追われている貴族にしては、周辺の警備が手薄すぎる。

まるで最初から、この部屋の中に誘い出すことを目的としていたかのようであった。

「クカカカ！　とでも言うと思ったか！　くたばれ！　クソ野郎がああああああああああああああああああああああ！」


ふむ。

やはり護衛の人間が潜んでいたか。

上手《うま》く気配を断っているようだが、滲《にじ》み出ている殺気までは隠し切ることができなかったようだな。

付与魔法発動――《耐性強化》。

俺は身に纏《まと》うコートに魔力を流すことによって、簡易的な盾として使用することにした。

組織から与えられたコートは特別製だ。

希少生物のグリフォンの羽をふんだんに編み込んだ黒色のコートは、魔力をよく通して、強度についても申し分ない。

「蜂の巣にしてくれる‼」

四方から、銃弾の嵐が降り注ぎ、俺の体に向かって飛来する。

身に着けていた仮面ごと、素早くコートを脱いだ俺は、無造作《むぞうさ》に弾丸を受け流していくことにした。

「ガハハハ！　やったぞ！　伝説の暗殺者《アサシン》を殺《や》ったとあれば、この世界におけるオレの名も揚《あ》がるってもんよ」

なるほど。

やけに簡単に通してくれると思っていたら、そういう理由があったのか。

だが、残念だったな。

この程度の罠《わな》に引っかかるようでは、十年も裏の世界で生きていられないだろう。

「あぎゃっ！」「ふぐっ！」「ぐはっ！」

敵の攻撃を防いだ俺は、手にした銃で反撃を開始する。

人間を殺すのに、派手な魔法は必要ない。

九ミリの鉛玉《なまりだま》を顔面に当てれば、大抵の人間はそこで息絶えるのである。

「ハハッ……。ウソだろ……。どうして……」

白煙が引いて、視界が開けていくと、男の顔が絶望に歪んでいくのが分かった。

追い詰められた男は、机の下に隠しておいた銃で最後の抵抗を始めたようだ。

だが、ここまで追い込めば、それも無駄なあがきというものだ。

「クソッ！　クソおおおおおおおおおおおお！」

闇雲《やみくも》に放たれた弾丸は、一度も俺の体に当たることなく、壁の中に吸い込まれていく。
これで終わりだな。
接近して男の武器を蹴《け》り飛ばした俺は、男の額に向かって銃口を突き付ける。

「お前、まだガキだったのか……⁉」

間近で俺の顔を目にした男は、最後にそんな言葉を漏《も》らしていた。
悪かったな。まだガキで。
こちとら五歳の時から、この仕事をしているんだ。
実年齢と想像年齢が乖離《かいり》してしまうのは、仕方のないことだろう。

〜〜〜〜〜〜〜〜〜〜〜〜〜〜

「ぬおおおお！　猪突猛進《ちょとつもうしん》！」

ターゲットを仕留めてから暫《しばら》くすると、馴染《なじ》みのある声が聞こえてきた。

「うおっ！　もう終わっていたんスね！　流石《さすが》はアニキ！　仕事が早いッス！」

分厚い石壁を突き破り、俺の前に現れたのはトサカ頭をした強面《こわもて》の男である。

男の名前はサッジと言う。

俺と同じ裏の世界に生きる魔法師であり、魔法師ギルド《ネームレス》に所属する後輩である。

何かにつけて力任せの仕事振りを見せることから、組織から〝猛牛《バッファロー》〟の通り名を与えられた男であった。

「追手が来ると面倒だ。引き上げるぞ」

「へいっ。ただいま！」

勢い良く返事をしたサッジは、俺の後に続く。

暗黒都市《パラケノス》は、別名《不夜の街》と呼ばれることもあるほど、夜でも人通りが

激しい場所である。

人種、国籍、年齢、性別は問わない。

この暗黒都市では、ありとあらゆる人間たちが、生活しているのだ。

ネオンの明かりに照らされないよう、俺たちは建物の屋上から屋上に飛び移っていく。

「あの、アニキ！　前から疑問に思っていたことを聞いても良いッスか」

「ああ。構わないぞ」

「どうしてアニキは仕事で銃《おもちゃ》なんて使うんスか？　アニキほどの魔法師ならば、魔法を使って殺《や》った方が早いに決まっているッス！」

玩具《おもちゃ》か。

魔法の使える人間は得てして、銃のことを『庶民《しょみん》の武器』と呼んで見下す傾向にあるんだよな。

たしかに魔法は便利だ。

その身一つで使用できるし、鍛えれば銃よりも遥《はる》かに高い威力の攻撃を繰り出すことができる。

「簡単に言うと。少しでも現場に残す痕跡を消しておきたいからだな」

「と、言いますと？」

「魔法を使うと、魔力の残滓《ざんし》が残るだろう？　魔力っていうのは、個人情報の塊《かたまり》なんだ。可能な限り現場に残しておきたくない」


魔法に頼り切りの暗殺スタイルが通用したのは、一昔前の話である。

今は魔法師を殺すための様々な技術が研究、開発されているのだ。

暗殺者に求められる技量は、年々増加の一途を辿《たど》っていくばかりである。


「ふむ。どうやら言っていた傍から、追手が来たようだぞ」


周囲の魔力が淀《よど》み、魔石燃料が燃える独特の音が鳴り響く。

月明かりを遮《さえぎ》るようにして、暗黒都市の夜空を飛び回るのは、鳥の形を模した魔導兵器六機であった。

「げえええ！　な、なんスか!?　あれ!?」

そうか。

サッジはコイツを見るのは初めてだったか。

「無人追跡機だな。魔力の痕跡を頼りに何処《どこ》までもターゲットを追いかける。最新鋭の魔導兵器さ」

俺は現場に自分の魔力を残すようなヘマはしていない。

おそらくサッジの残した魔力の後を追ってきたのだろう。

「なんだか知らないですけど、撃ち落とせば関係ないッスよね」

威勢良く言葉を返したサッジは、空に向かって得意の火魔法を撃ち込んだ。

「火炎連弾《バーニングブレット》！」

ふむ。威力はまあ、それなりだな。

若くして《ネームレス》に所属するだけのことはある。

だがしかし。

サッジの放った渾身《こんしん》の魔法は、寸前のタイミングで回避されることになる。

「無駄だぞ。俺たちの魔力を感知して追ってきているんだ。普通に攻撃しても当たるはずがないだろう」

この兵器の厄介《やっかい》なところは、ターゲットの魔力を感知して、あらゆる魔法攻撃を回避してくる点にある。

「えええええ……!?　な、なら、どうやって倒せばいいんスか!?」

そうだな。

コイツらを撃ち落とす方法は幾つかあるが、もっとも手っ取り早いのは、敵の習性を逆手に取る。

これに尽きるだろう。

「ア、アニキ……。一体何を……?」

唖然《あぜん》とするサッジを尻目に、俺は夜空に向かって右手を突き上げる。

続けざま、間髪容《かんはつい》れずに八発の銃弾を撃ち込んだ。

ターゲットまでの距離はおよそ一〇〇メートルといったところだろうか。

最初の二発は魔力を込めて強化した銃弾だ。

これは敵の動きを誘導する目的で撃ち込んだものである。

残る六発が本命の通常弾。

この兵器は、魔力を介した攻撃は過敏に察知する一方で、それ以外の攻撃には途端に緩慢《かんまん》になるのである。

瞬間、爆発音。

効率良くターゲットを誘導した俺は、六機の兵器を同時に撃ち落とすことに成功する。

「どうだ。庶民の武器も捨てたものじゃないだろう」

炎を纏《まと》って墜落《ついらく》する魔導兵器を見つめながら、俺はポツリと独り呟《つぶや》くのであった。

2話　父親の提案

それから。

本日の仕事を終えた俺は、完了報告をするために親父《おやじ》の待っている酒場にまで足を運ぶことにした。

【冒険者酒場　ユグドラシル】

暗黒都市の裏路地にひっそりと存在するこの酒場は、俺たち組織が頻繁《ひんぱん》に利用する店であった。

「よお。アル！　よくぞやってくれたな！　お前さん、最近、絶好調じゃねえか」

店につくなり、親父《おやじ》は俺の肩を抱いて、酒臭《さけくさ》い息を吐きかけてくる。なんだ。もう酔っぱらっているのか。

グラスを片手に上機嫌に笑うこの男の名前は、ジェノス・ウィルザード。

血は繋《つな》がっていないが戸籍上は、俺の父親ということになっている。

「今日のターゲットには、上の連中も手を焼いていたらしいからな。さぞかし喜んでくれるだろうよ」

「そうか。それは何よりだな」

親父の仕事は、組織と依頼人の政府関係者を繋ぐ、交渉役である。

以前は《金獅子《きんじし》》の通り名を与えられた凄腕《すごうで》の暗殺者《アサシン》だったらしいのだが、俺が組織に入るのと入れ替わるようにして、現場からは離れるようになっていた。

「腹が減っただろ？　この店の臓物《レバー》は絶品なんだ。お前もほら。若いんだから、ジャンジャン食えよ」

仕事終わりにやたらと生肉を勧めてくるのは、昔からある親父の悪癖《あくへき》の一つである。

俺は構わないが、殺しに不慣れな新人にとってはパワハラ以外の何物でもないだろう。

「なあ。アルよ。お前が現場に出るようになって十年が経ったか。何人殺したか、覚えているか？」

「さあな。そんなことは疾《と》うに忘れたな」


最初に人を殺したのは五歳の時のことである。

警戒心の強い牧師の男であった。

俺は牧師が営《いとな》んでいる孤児院に潜伏することによって、それまで困難とされていた依頼を成し遂《と》げたのだ。


「貴族、王族、魔族に聖騎士……。この十年で、随分《ずいぶん》と殺したな。まあ、ここ数年の大半の仕事は、お前が一人で片付けてきたわけだが……」

「前置きは良い。それで、次の仕事はいつになる？」

何かにつけて話が長いのは、昔からある親父の悪癖の一つである。

痺《しび》れを切らした俺は、そこで早々に本題を切り出すことにした。

「いや、暫《しばら》く仕事は取らねえ。お前さんには学校に行ってもらおうと思っている」

「…………!?」

いきなり妙なことを口走り始めたぞ。この親父。

「学校？　行くのか、俺が？」

「当たり前だ。他に誰がいるっていうんだよ」

「何故だ？」

「この世界で生きていくつもりなら、資格を取っておくに越したことはないんだよ。貴族社会は信頼が第一よ。言っておくが、あのサッジですら魔法師免許を習得しているんだぜ？」

「…………」

その時、俺の脳裏《のうり》を過《よぎ》ったのは、仕事でミスを連発してアホ面《づら》を晒《さら》す不肖《ふしょう》の後輩の姿であった。

できれば知りたくなかった情報であった。

貴族社会の評価で言うと、サッジよりも俺の方が、信頼度が低いということになるのか。

「いいか。アル。お前も薄々と気付いてきていると思うが、『三年前の事件』から俺たちの仕事は着実に減ってきている」

三年前の事件か。

この話題が上がるのも、随分と久しぶりな気がするな。

暗黒都市の中でも最大規模を誇る反政府組織《逆さの王冠《リバース・クラウン》》が引き起こした事件は、今でも多くの人間たちに悔《く》いを残していた。

この事件を解決して以降、《逆さの王冠《リバース・クラウン》》は分裂、解体を繰り返して消滅。

暗黒都市の治安の向上にも、繋がっていったのだろう。

「少しずつだが、世界は平和に近付いてきているんだよ。このまま平和になれば、お前のような無免許魔法師は、食いっぱぐれることになるんだぜ?」

そうか。

今まで仕事のことばかりで頭になかったのだが、俺は今年で十五になる。普通の子供たちは、学校に通う年齢になるのか。

「もしも、断る、と言ったら?」

「残念ながら、これは業務命令だ。お前さんに拒否権は存在しねえよ」

「…………」

やれやれ。

命じられたことに対してNOと言うことができないのが、組織に飼われている人間の辛《つら》いところである。

「んじゃ、決まりだな。このリストに今からでも、受験できそうな学校をまとめておいたからよ。参考にすることだな」

それにしても今更になって俺が学校に通うのか……。

おそらく、親父も親父なりに俺の将来を案じてくれているのだろう。

たしかに世界が平和になれば、俺のような無免許魔法師は、お役御免の展開になるかもしれないが……。

うーん。考えるだけで、頭が痛くなってきたな。

３話　校門前の事件

季節は新しい命が芽吹《めぶ》く春。
親父に受験を勧められてから、二カ月の時間が経過することになる。
ここは王都《ミズガルド》。
暗黒都市と隣り合うように存在している、この国の最大の都市である。
俺は普段滞在している貧困街《スラム》の借家から、王都《ミズガルド》の郊外にまで足を伸ばしていた。

「おお……。ここが王立魔法学園か……」

全体を竜の彫刻によって彩られた、石造りの校舎は、建物というよりも美術品のようである。
数ある学校の中から、俺が『王立魔法学園』を受験しようとした理由は二つある。

まず、学費が安い。

この学園の授業料は、どういうわけか他学園の授業料と比べて十分の一以下に抑えられている。

金持ちが通う学校であるにもかかわらず、各種の学園の設備が税金で賄《まかな》われているのだというのだから皮肉なものである。

次に立地が良い。

王都という抜群の立地を誇る、この学園は、貧困街《スラム》にある俺のアパートからも十分に通える距離にあるのだ。

無論、これだけ好条件が揃《そろ》っているということは、それだけ生徒たちからの人気が高くなるに決まっている。

「うわぁ～。緊張する～！」

「大丈夫！　普段通りの実力を発揮できれば、絶対に合格できるって！」

まあ、当然こうなるよな。

学園までの通学路は、既に俺と同い年くらいの子供たちでごった返していた。

「ねえ。見て。あそこにいるの、ルイバスター家の御子息じゃない⁉」

「本当だ⁉　流石《さすが》は天下の王立魔法学園……！　社交界のスターが揃い踏みっていう感じがするわね」

俺以外の受験生たちは全員、貴族の子息のようだ。

まあ、魔法が使える庶民《しよみん》というのは、珍しい存在なので、これに関しては別に不思議ではない。

ちなみに貴族と庶民の見分け方は簡単だ。

襟元《えりもと》に勲章が着いている人間が貴族。

そうでない人間は、一般人ということになっている。

中には勲章を身に着けずに一般人として偽装している人間もいるが、そういった輩《やから》は俺と同じ、裏の世界に身を投じているケースが大半であった。

「ふざけるなよ！　貴様、一つ星《シングル》の分際で！　ボクに口答えする気か！」

んん……？　校門の前に人が密集しているようだな。

何かトラブルが起きているようだ。のっけから、あまり関わりたくないな。

「ここは神聖なる王立魔法学園の敷地だぞ！　お前のようなゴミが来るところではないんだよ！」

「なんですか！　一つ星《シングル》が受験をしてはいけないなんて！　そんなことどこにも書いてありませんよ」

どうやら貴族同士で口論しているようだ。

校門の前で対立しているのは、金髪の男と赤髪の女であった。

「たしかに書いてはいない。だが、周りを見てみろ！　二つ星《ダブル》や、三つ星《トリプル》ばかりじゃないか！　書かれているルールだけが全てではない。その裏側を察することが、貴族の矜持《ノブレス・オブリージュ》というものさ！」

貴族の階級は、襟に着いた勲章の数で大まかに計ることができる。

一つ星《シングル》は、領地を持たない立場の弱い貴族。

二つ星《ダブル》は、固有の領地を持った中流以上の貴族。

三つ星《トリプル》は、広大な領土と数多《あまた》の商権を持った大貴族のことを示していた。

「そうだぞ！　一つ星《シングル》の分際で、デルク様に逆らうとは生意気だ！」

「空気を読んで試験を辞退したらどうなんだ！」

金髪の貴族（名前はデルクというらしい）の取り巻きたちが、揃って赤髪の女を責め立てる。

「いいか。女。貴族の社会はな。星の数が全てなんだよ！　星の数が低いものが高いものに絶対服従！　こんな簡単なルールも分からないようじゃ、お里が知れるぜ？」

「～～～ッ！」

ふうむ。

高位の貴族たちに凄《すご》まれた赤髪の女は、完全に委縮《いしゅく》しているようであった。

「なあ。何かあったのか？」

情報を集めるために近くにいた青髪の女に声をかけてみる。

「あ、あの……。あそこにいる子は、私の幼馴染《おさななじみ》なのですけど……。学校に入るなり、追い出されてしまって……。それで……」

なるほど。

どうやら金髪の貴族の身勝手な難癖《なんくせ》をつけられてしまったようだな。

何もかも自分の思い通りにならないと気が済まないのは、身分の高い貴族にありがちな悪癖である。

「なあ。女。三つ星《トリプル》のボクに楯突いた失態は高くつくぜ？　だが、お前がボクの女になるんだったら、考え直してやっても良いんだぞ？」

女の髪の毛を掴《つか》んだ、金髪の男はいやらしい笑みを浮かべていた。

やれやれ。
神聖なる王立魔法学園の敷地でナンパ紛《まが》いの行為をするとは。
貴族の矜持《ノブレス・オブリージュ》とやらも地に落ちたものだな。

「すまんが。そこを通してくれないか？」

悪いが、俺は貴族同士の痴話喧嘩《ちわげんか》に付き合っているほど暇ではない。
野次馬たちの間を割って入った俺は、まっすぐに校舎を目指すことにした。

「「「…………!?」」」

俺の思い過ごしだろうか。
俺の姿を見るなり、周りにいた貴族たちの間に奇妙な緊張感が走ったような気がした。

「おい。見ろよ。アイツの襟……！」

ヤジ馬の中の誰かが叫んだ。

「星ゼロ個……だと……!?」

「う、嘘だろ……?　どうして庶民がここにいるんだ……?」

そんなに珍しいものなのか。庶民って。

俺から言わせると貴族がこうして雁首《がんくび》を揃えて、突っ立っている光景の方が珍しい気がするのだけどな。

「ハンッ……。まったく、今日はロクでもない日だな。一つ星《シングル》のカスに絡まれたと思ったら、庶民にまで難癖つけられるとはね」

どうやらデルクのターゲットは、赤髪の女から俺の方に移ったらしい。

男からすれば、一つ星《シングル》の貴族よりも、俺のような庶民の方が、苛《いじ》めがいがあるのだろう。

「おい。庶民。分を弁《わきま》えろ!　貴様、ここに一体何をしに来たというのだ!」

「何って……。普通に試験を受けに来ただけだが……？　それ以外に理由があると思うか？」

そう前置きをして、俺はコートの内ポケットの中から受験票を取り出して見せる。

野次馬たちの騒《ざわ》めきが、益々と大きくなっていくのが分かった。

「おいおい。マジかよ……!?」

「庶民が試験を受けるって……。そんなのアリなのか……!?」

野次馬たちが戸惑うのも無理はない。

初めて知った時は俺も驚いたからな。

ここ、王立魔法学園は、庶民・貴族にかかわらず、誰もが入学試験を受けられる数少ない学校の一つであった。

もっとも、過去に庶民の合格者が一人も出ていないらしいので、受ける意味があるのか分からないのだけどな。

「庶民が……！　受験だと……！　貴様、神聖なる王立魔法学園をなんだと思っている……！

こんな屈辱《くつじょく》を受けるのは初めてだ……！」

額に青筋を立てたデルクは、怒りでプルプルと体を震わせているようだった。
やれやれ。
この程度のことが最大の屈辱になるなんて。随分《ずいぶん》と浅い人生を送ってきたのだな。

「覚悟しろよ……！　お前に貴族の恐ろしさを分からせてやる！」

大層な前置きを残したデルクは腰に差した剣を抜く。
やれやれ。
この往来で刃物を取り出すとは、あまり穏やかではないな。

「クハハハハ！　殺してやる！」

強い言葉を使ってはいるが、本気で殺すつもりがないことがバレバレである。
嫌いなんだよな。

本気で殺すつもりのないのに『殺す』という言葉が使われるのは。

付与魔法発動――《耐性強化》。

そう考えた俺は手元にあった、受験票に魔力を通して盾の替わりに使ってみることにした。


「なにっ……!?」


ふむ。流石《さすが》は貴族の通う学校だけあって、良い紙を使っているのだな。

普段使っている羊皮紙《ようひし》とは、魔力の通りが段違いである。

渾身《こんしん》の一撃を防がれた貴族の男は、驚愕《きょうがく》の表情を浮かべていた。

「どうした？　俺を殺すんじゃなかったのか？」

「貴様……！　どこまでボクをコケにするつもりだ……！」

激昂《げっこう》したデルクは、ブンブンと思い切り良く剣を振り回す。

挑発の甲斐《かい》もあってか、先程よりは随分とマシになった気がする。

だが、まだまだ太刀筋《たちすじ》に遠慮《えんりょ》が見えるな。

流石にこの往来で、全力を出して戦うことには遠慮があるのだろうか?

仕方がない。

これ以上、勝負を続けたところで無意味だろう。

「死ねええええええええええええええええええ!」

俺は大振りの剣をヒョイと避けて裏に回る。

身体強化魔法発動——《指力強化》。

続けて指の先に力を入れた俺は、デルクの耳元でパチリと指を鳴らしてやることにした。

「グワッ! グワアアアアアアアアアアアアアア!」

耳元で衝撃音を浴びたデルクは、勢い良く地面に尻餅《しりもち》をつくことになる。

「ぎ、貴様……。一体何をした……?」

何って。単なる指パッチンをしただけなのだが。

玩具《おもちゃ》を与えられない貧困街《スラム》の子供たちは、鳴らす音の大きさを競って遊んだものなのだ。


「あ……。ぐっ……。あっ……」


どうやら衝撃音によって、バランス感覚が麻痺《まひ》しているようだな。

人間の耳の奥には、三半規管《さんはんきかん》と呼ばれるバランス感覚を司《つかさど》る器官が備わっているのだ。

俺は魔法を使って『指から放たれる音を強化』することで、デルクの三半規管を一時的に麻痺させることに成功していたのである。

さて。

厄介払《やっかいばら》いも済んだことだし、これ以上はここに留まっている理由もなさそうだな。


「あ、あの……！　ま、待って下さい……！」

校門に入ろうとする直前、赤髪の女に呼び止められたような気がしたが、スルーしておくことにする。

入学試験を受ける前に、これ以上のトラブルに巻き込まれると面倒だ。
ここは素直に退散した方が良いだろう。

4話　入学試験（前編）

ふう。色々あったが、ようやく受験会場に到着することができたようだな。

受験会場は、見晴らしの良い草原地帯であった。

おそらく訓練場として用意されたものなのだろうが、地価の高い王都に、これだけの敷地面積を用意できるとは驚きである。

俺たち受験生は、試験官が到着するまで、平原に集まり待機していた。

「失礼します。少し、お時間よろしいでしょうか？」

なるべく目立たないように隅っこの方で立っていると、見覚えのある赤髪の女に声をかけられる。

頭の上で結った二つの団子から、尻尾《しっぽ》のように髪の毛が伸びた団子ツインテールの女である。

貴族の男に妙な絡まれ方をされるのも頷《うなず》ける。

間近で見ると、その女は目鼻立ちの整った顔立ちをしているのが分かった。

「貴方《あなた》、さっき校門の前にいた人ですよね？」

人違いだと主張することも考えたが、寸前のところで思いとどまる。

この貴族だらけの空間では、ウソを吐いたところで無駄だろう。

どうやらこの会場の中で庶民《しょみん》の俺は、かなり注目を浴びてしまっているようだ。

「ああ。何か用か？」

「ワタシ、レナと言います。さっきは、ワタシのことを助けてくれたのですよね？　お礼を言っておかなければと思いまして」

「…………」


ふむ。

このレナとかいう女、以前に何処《どこ》かで会ったような気がするのだが、俺の思い過ごしだろうか？

よくよく見ると、どことなく既視感《きしかん》を覚える顔立ちをしているな。

「気にする必要はないぞ。たまたま偶然が重なった結果だ」

単に一つ星《シングル》よりも、俺の方が目につきやすい存在だった。それだけのことだろう。

「こちらは幼馴染《おさななじみ》のルウと言います。ワタシたちは一緒に試験を受けに来たのです」

「初めまして。ルウです」

ルウと名乗る青髪ショートカットの少女は、ちょこんと頭を下げてくる。

なるほど。

生真面目《きまじめ》な印象を受けるレナとは対照的に、ゆるい雰囲気《ふんいき》の女だな。

容姿のレベルはレナと同様に高い。

レナもルウも二人揃《そろ》って、一つ星《シングル》の貴族のようだ。

ザッと見た限り、この会場の中にいる一つ星《シングル》の貴族は彼女たち二人だけだった。

「あの、もしよければ名前を聞いても良いかな？」

「アルスだ」

貴族に名乗られたからには、名乗り返さないのは失礼に当たるだろう。

そう考えた俺は、手短に自己紹介を済ませることにした。

「ふふふ。実を言うと私たち二人、不安だったの。一つ星《シングル》が本当に試験を受けても良いのかなって。けど、アルス君のことを見ていたら、勇気付けられちゃった」

「まったく……。貴族でもない庶民が、王立魔法学園を受験しようなんて前代未聞です」

「なあ。一つ星《シングル》の貴族だと受験で不利になったりするのか？」

素直に思ったことを尋ねると、二人の少女は深々と溜息を吐いているようであった。

「当然です。この学園に一つ星《シングル》の貴族が入学できたケースは、過去にも数えるほどしかないですから」

「私たちが合格しようと思ったら、圧倒的な力を示す必要があるみたい」

なるほど。

貴族の世界も大変なのだな。

一つ星《シングル》の貴族で絶望的ということであれば、庶民の俺が合格するのは相当厳しいのかもしれない。

「静粛《せいしゅく》に！　受験生の諸君！　中央広場に集まってくれ！」

そうこうしているうちに試験官が会場に到着したようだ。

「ワシが当学園の入学試験を取り仕切るブブハラだ。以降、よろしく頼む」

ブブハラと名乗る男は、中年太りの三十代後半くらいの外見をしていた。

この男が試験官なのか。

いかにも鍛錬の足りてなさそうな姿をしているのだが、果たして正確な実力を測ることができるのだろうか。

「我が校の理念は徹底した『実力主義』だ。よってキミたち受験生には、ケチな筆記試験を受けてもらおうとは思わない。合否の判定は、二つの実技試験の結果を以《もつ》てのみ測ることにする」

実力主義か。

好きな言葉ではあるのだが、この学園の合格者の大半は、高ランクの貴族らしいからな。

真偽のほどは怪しいものである。

「向こうに用意したものを見てほしい」

そう言ってブブハラが指さしたのは、草原の上に立てられた『的《まと》』であった。

ふむ。見たところ何の変哲もない金属製の的のようだが、一体コレでどんな試験を行うというのだろうか。

国内最難関と称される魔法学園の入学試験が、どの程度のハードルに設定されているのか。純粋に興味があるな。

「あそこに魔法を飛ばすことができたらキミたちは合格。できなければ不合格。どうだい。シンプルだろう？」

え？　飛ばすだけでよいのか？

このオッサンは一体、何を言っているのだろうか。

「ここから一人三回まで魔法を発動して、あれに当ててみろ」

単に魔法を飛ばして的に当てるだけなら、誰にでもできるような気がするが。

少なくとも俺の場合、物心ついた時からそれくらいの魔法は心得ていたと思う。

「嘘だろ……！　的って、あんな遠くにあるじゃねえか⁉」

「流石《さすが》は天下の王立魔法学園。試験のレベルも恐ろしく高いのだな」

こ、こいつらは一体何を言っているのだろうか。

あんな遠くって、せいぜい二〇メートルくらいしか離れていないぞ。

そもそも動かない的に当てることになんの意味があるというのだろうか？

実戦では止まってくれている相手などいないのである。

相変わらず貴族の考えていることは、よく分からないな。


～～～～～～～～～～～～～～～～～


それからというもの、驚くほどにレベルの低い入学試験が始まった。

広い平原を四つに区切り、それぞれの場所で受験生が的当てをするようである。

「次、受験番号155番エルファス、156番ミッシェル」

白線の前に立った二人の受験生たちが、魔法を行使するための魔法陣の構築を開始しているようであった。

んん？

やけに時間がかかるのだな。

おい。一体、魔法陣を描くのにどれだけ時間をかけている気だ。

既にもう二〇秒は経っているぞ？

俄《にわ》かには、信じられない光景だ。

これが実戦であれば、敵を目前に二〇秒の隙《すき》を与えていることになるのだ。

魔法陣の構築に時間をかけて棒立ちになるのは、自殺も同然の行為である。

「はぁ～！　現れよ！　炎！　その業火によって、全てを焼き払え！」

「氷よ！　顕現化《けんげんか》せよ！　破道《はどう》の冷気で、万物を凍《い》てつかせるのだ！」

仰々《ぎょうぎょう》しい口上と共に放たれた魔法は、見たことのないような細くて弱々しい炎と氷であった。

あれはなんの魔法だろう？

威力が足りていない上に構築している魔法陣がグチャグチャで、何の魔法か全《まった》く判別がつかないぞ。

「ああっ！　惜しい！　あと少しだったのに！」

「よしっ！　まずは一次試験を突破だな！」

それぞれ結果を前にした受験生たちは、一喜一憂《いっきいちゆう》しているようであった。

ふうむ。

どうやら俺は、同年代の子供たちの実力を見誤っていたようだな。

幼いころから俺が見てきた裏の魔法師たちは、高位の貴族によって雇われた戦闘のプロである。

戦闘とは無縁の生活を送ってきた子供の実力というのは、案外こんなものなのかもしれない。

「次。受験番号194番、レナ。受験番号195番、ルウ」

かろうじて『まとも』と呼べるレベルに達しているのはこの二人か。

代わり映えしない受験生たちの中で、存在感を示していたのは、先程出会った二人の少女であった。

「火炎玉《ファイアボール》！」「氷結矢《アイスアロー》！」

魔法陣の構築時間は、ギリギリ及第点といったところだろうか。
威力としては物足りないものがあるが、かろうじて魔法としての原形を留めている。
二人の魔法が的に当たったのは、ほとんど同じタイミングであった。

「うおおおおおおおおお！　スゲえええええ！」
「嘘だろ……？　あの子たち、本当に同い年なのかよ……!?」

会場が騒《ざわ》めく。
二人の受験生が一発目で的に当てたのは初だったようで、ギャラリーたちは、口々に驚きの声を上げていた。

「ほう。悪くはないではないか。一つ星《シングル》にしておくには、ちと惜しい逸材だ」

ブブハラの反応も上々のようだな。

つい先程まで『実力主義』と謳《うた》っていたにもかかわらず、キッチリ家柄を考慮《こうりょ》していることには触れないでおくことにしよう。

「よし。これで最後だな。受験番号398番。アルス」

ふむ。ようやく俺の出番というわけか。

長時間、放置されていたせいで待ちくたびれてしまった。

「ふんっ……。貴様だな……！　庶民《しょみん》の分際で、我が校の敷居を跨《また》いだバカ者は……！」

俺と目が合うなり、ブブハラは、露骨に嫌そうな表情を浮かべていた。

「いいか。ワシら貴族は、お前のような庶民に付き合っていられるほど暇ではないのだ」

明らかに敵意の籠《こ》もった口調で男は続ける。

「一回だ。ここから先の試験に進みたいのであれば、たった一回のチャンスをものにしてみせろ」

「…………？」

もしかしてコレは、逆ハンデを与えるつもりで言っているのだろうか。

俺としては元々、一発目で当てる気しかなかったので、なんの問題もないわけなのだが。

「うわ～。試験官、エグいこと言うな～」

「仕方ないだろう。彼のような無礼者を教育することも、貴族の義務《ノブレス・オブリージュ》というものだ」

周囲にいた受験生たちも口々に好き勝手なことを口走っている。

「どうした？　怖《お》じ気《け》づいたのならば、止めても良いのだぞ？」

「やらせていただきますよ」

この調子だと普通に的に当たった程度では妙な難癖《なんくせ》をつけられて、合格を取り消されてしまうかもしれない。

やれやれ。

職業柄、あまり目立つような真似《まね》は避けたいところなのだけどな。

合格を勝ち取るためには、他の受験生たちよりも優れているということを分かりやすく示してやる必要がありそうだ。

「火炎玉《ファイアボール》！」

そこで俺が使用したのは、他の受験生たちが使用したものと同じ《火炎玉《ファイアボール》》であった。

本気を出せば、この草原一体を焼け野原にするくらいはできるのだが、そこまで過剰《かじょう》な魔法を使う必要はないだろう。

バゴンッ！

俺の放った《火炎玉《ファイアボール》》は、的の中心に当たって、小規模な爆発を引き起こすことになる。

「なあ。今、魔法陣が見えたか⁉」

「バ、バカな……!? 無詠唱《むえいしょう》魔法だと……!? それって都市伝説か何かじゃなかったのか!?」

受験生たちが口々に何か口走っている。

無詠唱魔法とは主に、魔法陣を使用しないで行使する魔法のことを指す。

いやいや。

俺の使った魔法は、そんなに大層なものではないのだけどな?

普通に魔法陣を使用した通常の魔法に過ぎない。

ただし、魔法陣の構築から魔法の発動までの時間は、〇コンマ一秒を切っている。

故に戦闘に不慣れな受験生たちの目には、『魔法陣を使用していない』ように映ったのだろう。

俺たち裏の魔法師にとっては、この程度のスピードは別に目新しいものでもないんだけどな。

「貴様ァ……! 一体これはどういう了見だ!」

んん? これは一体どういうことだろうか?

俺の魔法を目の当《ま》たりにしたブブハラは、額に青筋を立てて激昂《げっこう》しているようであった。

「ワシは騙《だま》されんぞ！　魔法陣も使わずに、あれだけの魔法を使えるはずがない！　こんなもの、イカサマに決まっておる！」

はて。仮にイカサマがあったとして、何か問題があるのだろうか。

最終的に的に当てることができれば、提示された目標は達成していると思うのだけれどな。

結果よりも過程に拘《こだわ》るのは、貴族の特徴なのかもしれない。

「次はしっかりと魔法陣を構築して、魔法を発動して見せよ！　さもなければ貴様を即座に失格とする！」

「はいはい。分かりましたよ」

どうやらブブハラは、魔法陣の構築過程に熱を上げているらしい。

依頼人の要求に応えるのも暗殺者としての務めだな。

まずは、基本となる《火炎玉《ファイアボール》》の魔法陣を描く。

この魔法陣は直径一メートルほどの小型のものであり、駆け出しの魔法師たちが最初に覚えなければならない基本形である。

《弾速レベル——最速》
《威力レベル——最大》
《形状変化——タイプ槍》

ここにオプションとして複数の《追加術式》を施《ほどこ》しておく。
この《追加術式》を施すほどに魔法陣は大きくなり、複雑化していくのだ。
一般的に二つ以上の《追加構文》を加えた魔法は《中級魔法》、三つ以上なら《上級魔法》などと呼ばれており、その構築難度は跳ね上がっていくのである。

「おい……。見ろよ……！　あの魔法陣……!?」
「嘘だろ……!?　一体どこまで大きくなるんだ……!?」

会場にいた誰かが叫んだ。

追加構文を七つほど施したころには俺の作り出した魔法陣は、直径五メートルほどの巨大なものになっていた。

「なあ。もうこの辺でいいんじゃないか？」

正直な話、このまま魔法を使用すると、試験を続行するどころの話ではなくなってしまう。
周囲は焼け野原となって、負傷者が続出する結果になるだろう。

「ハ、ハッタリだ……！　こんなもの！　どうせ欠陥《バグ》だらけで、不発に終わるに決まっている！」

やれやれ。
この試験官は、どうあっても俺の魔法を疑いたいらしいな。
そこまで言うならば、お望み通りに魔法を行使することにするか。

「火炎葬槍《グングニル》」

そこで俺が使用したのは、火属性魔法の中でも超級魔法に分類される《火炎葬槍《グングニル》》であった。

ドガッ！

ドガガアアアアアアアアアアアアアアアアアアアアアアアアアアアアアアアアアアアアアン！

瞬間、爆発音。

俺の魔法は的を吹き飛ばして、平たい草原に巨大なクレーターを出現させることになる。

まあ、こんなもんだろう。

直前になって、威力を抑えるように魔法構文《ソース》を書き換えておいたので、大惨事《だいさんじ》になることだけは回避できたようである。

「おい！　見たかよ！　今の魔法!?」

「信じられねえ。アイツ、本当に庶民《しょみん》かよ!?」

暫《しば》くの静寂の後、受験生たちが沸き上がる。

「あっ。あっ……。あああ……」


んん？　これは一体どういうことだろうか。

先程からブブハラは、地面の上に尻餅《しりもち》をついて、ガタガタと膝を震わせながらも一向に俺と目を合わせようとしない。

少し、やりすぎたか？

でもまあ、この会場に集まった受験生は高位の貴族ばかりだからな。

庶民の俺が合格を勝ち取ろうとするならば、これくらい力の差を示しておいてもよいだろう。

一　5話　一　入学試験（後編）

それから。

無事に一次試験を突破した俺は、試験官の男に連れられて学園の地下を訪れていた。

一次試験の結果によって、四〇〇人余りいた受験生は一〇〇人くらいに絞《しぼ》られることになった。

正直、三〇〇人も落ちるような試験内容ではなかったような気がするが、そこに関しては気にしないでおくことにしよう。

「着いたぞ。ここが我が校の地下決闘場だ」

「「「おおお……！」」」

集まった受験生たちから驚きの声が上がった。

ふうむ。

学園の地下にこんな施設があったとは驚きである。

円形にくり抜かれた広い空間は、かつて貴族同士の戦闘の場に用いられたとされる決闘場《コロッセオ》のような形になっていた。

「二次試験の内容は『剣術』だ。これから支給する武器を使って、受験生同士で試合を行ってもらう。各自、日頃の訓練の成果を見せて頂きたい」

剣か。

生憎《あいにく》とあまり剣は、得意ではないんだよな。

普段使っている武器が銃ということもあって、剣とはあまり縁のない生活を送っていた。

「それでは武器を支給する。名前を呼ばれたものから、武器を取りに来るように」

試験官ブブハラの合図によって、受験生たちに次々と武器が支給されていく。

「よし。次で最後になるな。受験番号３９８番。アルス」

試験官に呼び出されて前に出る。

「ふんっ。貴様。先程は、よくもワシに恥をかかせてくれたな」

俺と目を合わせるなりブブハラは、敵意を剝《む》き出しにした表情を浮かべていた。

「おおかたバカの一つ覚えのように、火属性の魔法だけを練習したのだろう？　たまにいるのだ。貴様のような一芸しか能のない魔法師が！」

見当違いも甚《はなは》だしい。

だが、この期に及んで貴族以外の人間を認めようとしないスタンスには、一周回って感心してしまうな。

「次の試験で、ボロが出ないといいがな。この世の中に、貴族より優れた庶民はいない。いてはならないのだよ」

差別意識丸出しの言葉を残した試験官は、俺に向かって鞘《さや》に入った剣を投げ渡す。

「それでは、剣術試験の対戦相手を発表する。各自、相手となる番号の人間を見つけて申告するように」

闘技場の二階から大きな紙が下りて、各々《おのおの》の対戦相手が発表される。

ええと。俺の相手は、受験番号【004】が相手か。

随分《ずいぶん》と若い番号の受験生が相手のようだな。

「よぉ。庶民。また会ったな」

その男に声をかけられるなり俺は、深々と溜息を吐くことになる。

何故ならば――。

そこにいたのは、校門の前で絡んできた三つ星《トリプル》の貴族、デルクの姿だったからだ。

「嬉しいよ。ア～ルスくん♪　こんなにも早くもキミに雪辱《せつじょく》を果たすチャンスが巡ってくるなんて思ってもみなかった」

俺の姿を見るなりデルクは、狂気を孕《はら》んだ笑みを浮かべる。

大根役者も甚だしい。

状況から察するに、俺と当たることを最初から知っていたかのような様子であった。

「ぐふふ。生意気な庶民の化けの皮を剝《は》がせると思うと、先が楽しみじゃわい」

ふうむ。

どうやらデルクは、ブブハラとグルだったらしいな。

聞くところによると、この王立魔法学園は、試験官に裏金を渡して子供を入学させる『裏口入学』が頻発《ひんぱつ》しているらしい。

おそらくこの二人の間にも何かしらの密約が交わされているのだろう。

さてさて。何を仕掛けてくるのやら。

用心するに越したことはなさそうだな。

「これより、デルクとアルスの試合を執《と》り行う。両者、配置につくように」

どうやら二次試験は、準備の整った人間から先に始められるルールらしい。

デルクが早々に声をかけてきたことにより、俺たちは二次試験最初の試合を行うことになっていた。

「それでは、試合開始！」

ブブハラの合図と共に勝負の火蓋《ひぶた》が切られる。

「とりゃあああ！」

試合が始まると同時にデルクは、腰に差した剣を抜いて先制攻撃を仕掛けてくる。

ふうむ。

この剣、刃が付いてないので人を斬ることはなさそうだが、そうはいっても金属の塊《かたまり》を振り回していることには違いがない。

適度に手を抜いて攻撃しなければ、大事故に繋《つな》がることもありそうだ。

「どうした！　庶民《しょみん》！　お前も早く剣を抜けよ！」

見え透いた挑発ではあるが、乗ってやるか。

二次試験の題目が『剣術』である以上、俺も剣を抜かざるを得ないというものだろう。

「とりゃあああ！」

俺がデルクの攻撃を剣で受け止めようとした瞬間、不可解なことが起こった。

ん？　この剣、何か様子がおかしいようだ。

ミシッ！　ミシミシミシッ！

俺の握っていた剣はひび割れて、根本の方から折れることになった。

おいおい。

どう考えても、剣が折れるような攻撃ではなかったぞ。今の。

おそらく俺に支給された剣が、最初から欠陥品だったのだろう。

「フハハハ！　どうした庶民！　日頃の鍛錬が足りていないんじゃないか！」

俺の剣を叩き折ることに成功したデルクは、愉悦《ゆえつ》の表情を浮かべる。

なるほど。

デルクは最初からこうなることが分かっていたらしいな。

試験官と手を組んで、剣に何か細工《さいく》をしていたらしい。

なかなかに小賢《こざか》しい真似《まね》をしてくれるな。

「ボクはな！　五歳の頃から剣を習っていたんだ！　お前のような庶民とは、経験値が違うんだよ！」

五歳か。

そういえば俺が親父《おやじ》に拾われて、殺しの技術を教わったのも同じ年齢だったな。

「どうした！　庶民！　腰が引けているぞ！」

貴族に生まれた子供は幼い頃から、剣術、魔法、学問という分野で英才教育を受けるらしい。

恵まれた家庭環境は、俺たち庶民との格差をより顕著《けんちょ》なものにする要因なのだろう。

「ハハハ！　雑魚《ざこ》が！　ザコザコザコ！　ボクの剣技を前に、手も足も出ないだろう！」

たしかに、自慢するだけあって剣の心得はあるようだ。

実戦では大して役に立たない、教科書通りの貴族の剣技だけどな。

「ヒャハハハ！　殺す！　オレがここで息の根を止めてやるよ！」

やれやれ。また『殺す』か。

この男は本当に俺を苛《いら》つかせるのが上手《うま》いようだな。

「なあ。いい機会だから教えてやるよ」

まずは敵の攻撃を折れた剣で弾き返す。
ノロノロと悠長《ゆうちょう》に振るわれた剣を払うことは、赤子の手を捻《ひね》るよりも簡単であった。

「なっ――!?」

アッサリと攻撃の手段を失ったデルクは、顔面が蒼白になっていく。
立て続けに俺は、デルクの首筋に折れた剣を突き立ててやることにした。

「これが『殺す』ということだ」

「――――ッ!?」

瞬間、デルクの顔に緊張が走った。
汗から滝のような汗を流したデルクは、ガタガタと手足を震わせているようだった。
敵を制圧するのに、大それた武器は必要ない。

たとえ、刃の付いていない折れた剣であっても『殺すという意思』を見せてやれば、大抵の人間は委縮《いしゅく》するものなのだ。

「これに懲《こ》りたら二度と『殺す』なんて言葉を使うなよ」


軽く突き放してやると、デルクの体が力なく地面を転がった。

完全に脱力しているようだ。

おそらく生まれてから今日まで、殺気どころか、誰かに殴《なぐ》られた経験すらなかったのだろう。

これほどまで殺気に対する耐性がないやつというのも珍しい気がする。


「グッ……。デルク、戦闘不能！　よって、この勝負、アルスの勝ちとする……！」


屈辱《くつじょく》の表情を浮かべながらも試験官のブブハラは、勝ち名乗りを上げる。

そりゃどうも。

ところで、無事に勝利したのは良かったのだが、果たして俺は合格することができるのだろうか？

何はともあれ、こうして様々なトラブルが続出した波乱の入学試験は幕を下ろすのだった。

～～～～～～～～～～～～

時刻はアルスたちが入学試験を受けてから五時間ほど経過することになる。

「ほう……。なかなか面白い逸材ですね。この少年」

ここは王立魔法学園の会議室の中である。

例年通り会議室の中は、今年の受験生の話題で持ちきりになっていた。

「庶民《しょみん》でありながら、これほどの魔法を使えるとは興味深い存在だ……」

アルスの映像を目にしながら、感心した様子を見せるのはメガネをかけた女教師である。

彼女の名前はリアラといった。

若くして王立魔法学園の学年主任を務めるリアラは、他の教師たちからも一目置かれる存在であった。

「ワシは反対だ！　伝統ある我が校に！　庶民の生徒を入れるなど！」

リアラに真っ向から対立するように意見を上げたのは、今回の入学試験で試験官を務めていたブブハラである。

「これは我が校のブランドイメージを損《そこ》ねる大問題だぞ！　絶対に入学を認めるわけにはいかん！」

「彼はこの学園に新しい風を起こしてくれる存在です！　絶対に入学させるべきだ！」

二人の意見は平行線を辿《たど》る一方で、話し合いによる解決は望めそうにない。

そう判断した教師たちは、関係者たちの間で多数決を採ることにした。

「ふふふ。賛成が三票、反対が五票。これで決まりですな。やはり庶民の生徒を受け入れるなど言語道断《ごんごどうだん》なのですよ」

多数決の結果を受けたブブハラは、満足気な笑みを零《こぼ》す。

アルスの入学に異議を唱えたのは、古くから学園に在籍をしている保守派の教師たちであった。

彼らの中には、裏金を受け取って、生徒たちの裏口入学を斡旋《あっせん》する人間も多くいた。

今後も変わらず、既得権益《きとくけんえき》を貪《むさぼ》るためには、現在の体制を維持する方が好都合だったのである。

「いえ。まだ一人、意見を聞いていない人がいますよ。ブブハラ先生」

「なにっ……!?」

「学園長。貴方《あなた》の意見を聞かせてください」

「………」

助け舟を求めるようにしてリアラは、今まで静観を決めていた男に声をかける。

男の名前はデュークといった。

かつて王都直属の治安維持部隊《神聖騎士団》で名を馳《は》せたデュークは、『表の魔法師』として、国内外に絶大な影響力を持ち合わせていた。

（ウィルザードか……。久しぶりに聞く名前だな……）

その名前はデュークにとって馴染《なじ》みの深いものであった。

ジェノス・ウィルザード。

アルスの義父であり、神聖騎士団で伝説的な武勲を打ち立てた男の名前である。

曰《いわ》く。その男は、たったの一人で百人を超える魔法師の軍勢を退けた。

曰く。その男は、たったの一太刀《ひとたち》で、巨大なドラゴンを両断した。

ジェノスの活躍を象徴するエピソードは、枚挙《まいきょ》に遑《いとま》がない。

だが、ジェノスは、ある日を境にして消息を絶っている。

一説によると、政府の命により、闇の世界に身を投じたということになっているのだが、詳しい情報は定かになっていない。

（確かめる必要がありそうだ……。この少年の正体を……）

デュークとジェノスは旧知の仲であった。

時を同じくして騎士団に所属して、切磋琢磨《せっさたくま》して腕を磨いてきた二人は、長きに渡りライバル関係を築いていたのである。

「そうだな。オレの結論は――」

緊張感の漂う空気の中、学園長は重い口を開く。

こうしてアルスの与《あずか》り知らないところで、試験結果の発表準備は、着々と進んでいくのであった。

―6話― 合格祝い

王立魔法学園の入学試験を受けてから数日後。

俺が寝泊まりしている貧困街《スラム》のアパートに、一通の封筒が送られてきた。

使われている紙の材質から、学園からの合否の連絡が届いたのだということは直ぐに分かった。

あまり期待をせずに封筒を開くと、大きく『合格』の二文字の書かれた書類が出てきた。

「ふふふ。それでは、アルの合格を祝して乾杯といこうじゃないか！」

で、今現在、俺は親父《おやじ》に連れられて、《パラケノス》の会員制クラブを訪れていた。

「それにしても驚いたぞ。学校に行けとは言ったが、まさか天下の王立魔法学園に受かっちまうとはな……」

どうやら俺が王立魔法学園の試験を受けに行ったことは、親父にとっても予想外だったらしい。

一口に魔法学園といっても、その形態は様々だ。

中には学費さえ払えば、誰でも入れそうな学校もあったのだが、自宅から無理なく通えるという意味では今の学校が最適だろう。

「ふーん。世の中、分からないものね。あの、死運鳥《ナイトホーク》が学生になるなんて。上の連中が知った日には、椅子《いす》から転がり落ちそう」

カウンターを挟んだ向かいから声をかけてくるドレス姿の美女の名前は、マリアナといった。

魔法師ギルド《ネームレス》に所属する先輩の暗殺者である。

かつては《女豹《めひょう》》の通り名を与えられたマリアナであったが、今は前線から離れて諜報員《ちょうほういん》として活動することが多かった。

マリアナには、幼いころから色々と世話になった。

仕事で各地を飛び回っている親父の代わりに、彼女から魔法の手ほどきを受けたものである。

「いいじゃねえか。腕っぷしだけで、成り上がれるような時代はもう終わりだぜ。これからの世の中、裏の世界で生きていくにしても資格くらい取っておいた方がいい。それが、平和な時代の処世術っていうやつさ」

「まあ、アタシたちの仕事も変わってきているからね。この《パラケノス》も、昔と比べて随《ずい》分《ぶん》と落ち着いてきたものさ」

俺が組織で活動し始めた当初は、この《パラケノス》は無法地帯と呼んで差し支えのないものであった。

綺麗《きれい》な川には、棲《す》めない魚がいる。

規制の厳しい王都から逃げるようにして、ならず者たちが集まることで発展してきたこの街は、様々な犯罪の温床となっていた。

そこで誕生したのは、《ネームレス》という組織である。

この組織は、王都の騎士部隊では対処のできない『汚れ仕事』を引き受けるため、政府の主導で誕生した経緯により、一部の界隈《かいわい》からは《王室御用達《ロイヤルワレント》》と呼ばれることもあった。

「これも全て《死運鳥《ナイトホーク》》のおかげだね」

「ふふふ。そこはオレ様の教育指導の賜物《たまもの》と言ってくれよ」

この十年で組織は、《パラケノス》に巣くう悪人たちを秘密裏《り》に消してきた。

今では俺たち《ネームレス》の名を恐れてか、無茶なことする人間たちは随分と減ってきた気がする。

異変が起こったのは、俺たちが昔話に花を咲かせていた直後のことであった。

バリッ！

バリバリバリリリリリリリリリリリリリリリリリリリリリリリリリリイイイイイイイイイイイイイン！

突如として店の中のガラスが割れた音が響く。

不審に思って下の階に視線を移す。

そこにいたのは、何やら物々しく武装した男たちの集団であった。

「へへっ！　今からこの店は、オレたち《ブルーノファミリー》が占拠する！」

「この店にカネがあることは分かっている！　大人しく有り金全部、この袋に詰めやがれ！」

突如として現れた男たちは、高らかに武器を掲げて、物騒な台詞《せりふ》を口にしていた。

薬物の類《たぐい》を摂取《せっしゅ》しているのだろうか。

好戦的な言葉を次々に口にする男たちは、興奮状態に陥《おちい》っているようであった。

「平和な時代、ね」

「気にするな。アル。いつの世も、平和なんてものは理不尽に壊れるものなのさ」

それにしても随分と不運な人間がいたものだな。

俺たちのいる二階の席はＶＩＰルームであり、ガラスの壁は全てマジックミラーとなっている。

まさか下の連中も二階に《ネームレス》のメンバーが滞在しているとは、思ってはいないだろうな。

「どうやら新手の《色付き》のようだな。ったく、次から次へ、ご苦労なこった」

親父の言う《色付き》とは、暗黒都市に巣くう非行集団のことである。

彼らはグループごとに象徴する『色』を持って活動しており、衣装もそれに合わせていることが多い。

どうやら今回の《ブルーノファミリー》という輩《やから》は、『青』を象徴とする『色付き』のようだ。

「助けが必要か？　アル」

「冗談だろ。俺一人で十分だ」

死運鳥《ナイトホーク》の象徴である『鳥の仮面』を取り出して席を立つ。

最低限の力で静かに殺さなくてはならない暗殺仕事と違って、今回の仕事は自由度が高そうだ。

二度と悪事を働く気が起こらないよう、力を見せつけるような戦いをしていくことにしよう。

「マリアナ。修理代は、会計にツケておいてくれ」
「……仕方がないわね。今日だけよ」

いちいち階段を使っていては、対処が遅れるかもしれない。
そう判断した俺は、勢い良くガラスの壁を蹴《け》り破ることにした。

バリリリリリリリリリリリリリリリリリリリリリリリリリリリリリリリリリリイイイイイイイイイイイイイン！

キラキラと輝くガラスの破片と共に、俺は一階のフロアに着地する。

「なんだ？　コイツ？」
「一体どこから降ってきやがった⁉」

困惑していた男たちであったが、存外、その頭の切り替えは素早かった。

俺を『敵』と認識した男たちは、激昂《げっこう》して各々《おのおの》、武器を携《たずさ》えて襲い掛かってくる。

「どらあああああああああああ！」

男の一人が椅子を手にして、振り回してくる。

ふむ。

この男たち、一般人にしては馬力が強すぎるな。

おそらく事前に摂取《せっしゅ》していた薬物の効果だろう。

興奮作用の他に、戦闘能力を底上げする効果を薬物から得ているようである。

「失敬。コイツを借りるぜ」

薬物の力を借りているとはいっても相手は単なる一般人に過ぎない。

この程度の相手であれば、銃を取り出して戦う必要もないだろう。

俺はテーブルの上に置かれていたシャンパンボトルを手に取ると、直進してきた男たちの脳天に振り下ろす。

「あぎゃあ！」「ふぼうっ！」「ぐがあっ！」

もともと強力な炭酸ガスを含んだシャンパンは、他のどの酒類よりも、ボトル全体が厚く作られているのだ。

更に、そこで魔法による強化を施《ほどこ》せば、鈍器《メイス》のような威力を発揮することが可能である。

俺の攻撃を受けたゴロツキたちは、完全に伸びているようであった。

「なあ。アイツの仮面……！　この強さ……！」

「間違いねえ！　死運鳥《ナイトホーク》だ！」

ふむ。どうやら遅蒔《おそま》きながらも、俺の正体に気付いたらしいな。

俺の正体を察した『色付き』たちは、完全に委縮《いしゅく》しているようであった。

「怯《ひる》むな！　『あの方』から授かった力を活かせば負けるわけがねえ！」

あの方、とは気になる言い方だな。

コイツらのバックに何らかの組織が関与しているということだろうか。

「相手はたった一人だ！　囲っちまえばそれで終わりよ！」

ふむ。どうやらゴロツキの中にも、一人だけ魔法を使える人間がいたようだな。

その身長は優に二メートルを超えているだろう。

巨大な体躯《たいく》を誇るスキンヘッドの男が俺の前に立ちはだかる。

「クハハハ！　死にさらせええええええ！」

スキンヘッドの男は、身体強化魔法を発動して、俺に大きく拳を振り下ろしてくる。

「なっ――!?　消えた――!?」

別に消えたわけではない。

攻撃を避けるために跳躍して、店のシャンデリアにぶら下がっただけだ。

俺は着地するついでに男の首を足で挟んで、投げ飛ばしてやることにした。


「グハッ――!?」


男の巨体が宙に舞う。

体は大きいが、魔法師としては三流も良いところだな。

俺に投げ飛ばされた男は、テーブルの上に頭を激突させて、失神しているようであった。


「ヤバイぞ！　殺される！」

「撤退《てったい》！　撤退だ！」


リーダー格の男が倒されたことで、怖《お》じ気《け》づいたのだろう。

実力の差を悟ったゴロツキたちは、クルリと踵《きびす》を返して俺の元を離れていく。

無論、このまま逃がしてやる気は毛頭《もうとう》ない。

遠くの敵に対してはシャンパンの封を切っての『コルク飛ばし』が有効だった。

「カハッ――!?」

魔力で強化したコルクの弾丸は、敵の頭を的確に捉えて意識を奪う。

命を奪わないのは決して優しさではない。

後に尋問にかけて、コイツらのバックに関与していた組織を詳しく調べるためである。

「ねえ。ジェノス。あの怪物が学生として、本当にやっていけるのかしら？」

「……それを言ってくれるな。オレも不安になってきたところだよ」

俺の思い過ごしだろうか。

素早く不審者を制圧すると、二階で酒を酌《く》み交わしていた二人は、何やら皮肉気な言葉を呟《つぶや》くのであった。

―7話―　SP《スクールポイント》

不夜の街の事件から一夜が明けて、王立魔法学園の入学式がやってきた。

首に巻いたネクタイが、やけに窮屈《きゅうくつ》に感じられる。

学園指定の制服に着替えた俺は、長い坂を上って、王立魔法学園の門を潜《くぐ》る。

講堂の中に入ると、既に多くの学生たちで、賑《にぎ》わっているようであった。

「あ！　アルスくんだ！」

何処《どこ》か空いている席はないかと探していると、見知った顔に声をかけられる。

名前はたしか、ルウといったか。

入学試験の時に何かと縁のあった、ゆるい雰囲気《ふんいき》をした青髪ショートカットの少女であった。

「そうですか。貴方《あなた》も合格していたのですね」

続けてパンフレットを片手に、澄ました顔で声をかけてきたのは赤髪の少女であった。

こっちの赤髪の名前は、たしかレナといったか。

頭の上で結った二つの団子から、尻尾《しっぽ》のように髪の毛が伸びた団子ツインテールの女である。

以前と違いメガネを掛けているレナは、前に会った時よりも、更に優等生オーラを醸《かも》し出していた。

「なあ。なんだかやけに人数が多くないか」

「当然です。今この会場には、受験組と合わせて、推薦組《すいせんぐみ》も合流しているのですから」

「推薦組？」

「……入学試験の免除された人間たちのことです。家柄と実力を合わせ持った、本物のエリートといったところでしょうか」

知らなかった。

受験会場ですら既に高ランクの貴族が多かったというのに、更にその上をいく連中が存在していたのか。

庶民《しょみん》の俺の肩身が、益々と狭くなるというものである。

「生徒諸君。私が当学園の、学園長であるデュークである」

暫《しば》く待機していると、体格の良い男が壇上《だんじょう》に現れる。

年の頃は四十代の半ばといったところだろうか。ちょうど親父《おやじ》と同い年くらいだな。

「今年、諸君らを迎えられたことに心より感謝しよう」

その人間の立ち振る舞いを暫く観察していれば、魔法師としてのおおよその力量を測ることは可能である。

服の上からも隆起していることが分かる胸の筋肉は鋼《はがね》のように硬く、実戦を通して鍛え上げられていることが分かる。

体外から自然放出されている魔力は、常に一定で淀《よど》みがない。

知らなかった。

この学園の中にも、それなりに戦えそうな人間がいたのだな。

「貴族の矜持《ノブレス・オブリージュ》という言葉がある。昨今は歪曲《わいきょく》されて使われることが多くて残念であるが、本来この言葉は、魔法の才を持って生まれた人間は、持たざるものたちを守るために死力を尽くす、という意味で使われてきた言葉だ」

俺の思い過ごしだろうか？

今、壇上の男が俺の方を見て、何やら含みのある笑みを浮かべたような気がした。

「我が校は、この言葉を校訓として採用している。キミたち、ここにいる一五〇名は、弱き人間を守るため、選ばれた人間だ。本校在学中は、どうか今日話したことを意識して研鑽《けんさん》を積んでほしい」

手持《ても》ち無沙汰《ぶさた》になった俺は、事前に配布されていたパンフレットに目を通す。

王立学園の校訓第七条。

魔法の才を持って生まれた人間は、持たざるものたちを守るために死力を尽くすこと、か。

まったくもって、俺のような庶民には過ぎた言葉である。

学園長の話が終わると会場の中は、割れんばかりの拍手に包まれることになった。

「すげー！　今の人って、元騎士団長のデュークさんだろ⁉」

「流石《さすが》は王立魔法学園。元騎士団長が学園長を務めるなんて、誇らしいぜ」


なるほど。

やたらと雰囲気《ふんいき》があると思っていたら、この男は騎士団の人間だったのか。

騎士団と《ネームレス》は、表裏一体の関係にある。

俺たち《ネームレス》は、騎士団の人間がやりたがらない汚れ仕事を引き受けるために作り出された組織なのだ。

道理で、なんとなく、鼻につく台詞《せりふ》を口にする男だと思っていたのだよな。


～～～～～～～～～～～～


入学式が終わった後は、ＨＲの時間である。

俺たち新入生は、Ａ組からＥ組までの五つのクラスに分けられて、指定の教室に集まることになっていた。

どうやら俺は、一年Eクラスの所属となるようだ。

席は窓際の後方。

授業を受けるのには不便だが、教室の全体を見渡せるので俺としては嫌いではない位置である。

「驚きました。まさか貴方《あなた》と同じクラスになるとは……」

「良かった。アルスくんも一緒みたいで」

クラスの中には、既に見知った顔がいるようだ。

この二人とは入学試験の時から何かと縁があるようだな。

暫く教室の中で待機をしていると、教室の中に教師が入ってくる。

「自己紹介をしよう。ワタシの名前はリアラ。これから一年間、キミたちの担任を受け持つ者だ」

リアラと名乗る女は、二十代後半の目つきの鋭い教師であった。

前に試験官として出会ったブブハラという教師とは違って、それなりに体は鍛えているようだ。

「さて。さっそくだが、この学園の根幹システムとなるＳＰ《スクールポイント》システムについて説明しておこうと思う。まずは学生証を見てほしい」

素直に指示に従い、事前に配られていた学生カードに視線を移す。

アルス・ウィルザード
所属　１Ｅ
保有ＳＰ　０ポイント
学年順位　１５０／１５０
ランク　Ｆ

見たところ、この学生証には、かなり高度な魔法式が組み込まれているようだ。

名前と所属に関しては理解ができるのだが、それ以外の部分に関しては見覚えのない数値が並んでいる。

「ＳＰ《スクールポイント》とは、キミたちの成績を可視化した数値となる。ＳＰ《スクールポイント》は、定期試験の結果によって増減する。

この数値は、キミたちの進級に関わってくる他、成績上位陣には様々な特典が用意されているので是非《ぜひ》とも獲得に励んでほしい」

なるほど。

成績が数値として可視化されるのは、俺にとっては悪くないシステムだな。

後はこのＳＰ《スクールポイント》システムが、高位の貴族優遇のものになっていなければ文句の付けようがないのだが……。

今までのことを考えると、流石にそれは高望みのしすぎなのかもしれない。

～～～～～～～～～～～～～～～～～～～～

それから。

何はともあれ、俺の学園生活は始まった。

最初こそ慣れない学園生活というものに戸惑うことはあったが、要点を押さえればライフサイクルの形成は容易だった。

朝昼は授業を受け、夜は組織の依頼によって暗黒都市《パラケノス》に出向く。

前回の襲撃事件を境に俺たちの仕事は、再び忙しいものになっていた。

店を襲った男たちからDD《ディーツー》という麻薬の成分が検出されたのだ。

使用者に絶大な快楽を与えると一方で、内に秘めた攻撃本能を開花させるDD《ディーツー》は、史上最悪のドラッグとして名高い存在であった。

「即《すなわ》ち、魔法陣の構築に必要な基礎構文は、ここに示す通りである。更に《追加構文》によって、この術式は更に発展していき——」

今の生活の中で強《し》いて不満を挙げるなら、この授業である。

随分《ずいぶん》と抑揚《よくよう》のない、眠くなる声で話すのだな。

この《魔法構築》の授業を請け負っているのは、入学試験の時に試験官だったブブハラが担当しているようだ。

「おいおい……。なんて授業スピードだよ⁉」

「信じられない……。これが王立魔法学園の授業レベルなのか……⁉」

いやいや。

別に授業レベルそのものが高いわけではないのだぞ？

単に、この教師に最初から教える気がないというだけである。

早口で生徒たちを振るい落とすためだけのような授業になんの価値があるというのだろうか。

はあ。

こんな授業を三年も受け続けなければならないのか。

公認魔法師の資格を得るためとはいっても、これに関しては今から憂鬱《ゆううつ》な気分である。

「では、この問題をそこにいる庶民《しよみん》！　黒板の前に出て解いてみよ！」

などということを考えていると、唐突《とうとつ》に教師から声をかけられる。

はて。今までこんなやり方の授業じゃなかったが。

おそらくこの教師は俺がロクに授業を聞いていなかったことに気付き、あえて指名してきたのだろう。

「さて。この問題だが、ＳＰ《スクールポイント》を賭《か》けることにしよう。貴様がこの問題を解くことができれば、１００ポイントをくれてやる」

なるほど。

ＳＰ《スクールポイント》は定期試験の結果以外のところでも増減すると聞いていたのだが、さっそくその機会が巡ってきたというわけか。

「ただし、解くことができなければ、マイナス１００ポイント。一気に落第コースまっしぐらというわけだ」

ニヤリと肥《こ》えた頬《ほお》を緩《ゆる》めながらも、ブブハラは言った。

ふむ。

この男の狙いは、コレにあったのか。

見たところ黒板に書かれている問題は、教科書で習う範囲のものではない。

つまり俺たち一年生には、逆立ちしても解けるはずがないと踏んでいたのだろう。


「これでいいですか？」


だがしかし。

俺にとっては赤子の手を捻《ひね》るよりも簡単なものである。

俺は提示された問題を解くついでに、黒板に書かれた魔法陣にあった不備を二カ所ほど訂正《ていせい》してやることにした。


「うっ。うぐっ……」


まさか考え抜いた難問がアッサリと解かれるとは思っていなかったのだろう。

顔を赤くしたブブハラは、悔《くや》しそうに歯ぎしりをしているようだった。

「よ、よろしい。下がりなさい」

平静を装《よそお》っているつもりだろうが、内心では腸《はらわた》が煮えくり返っているのがバレバレである。

アルス・ウィルザード
所属　　1E
保有SP　100ポイント
学年順位　1／150
ランク　E

席に戻って、学生証を確認してみると、さっそくSP《スクールポイント》が付与されているようであった。

ランクがFからEに上がったようだ。

いきなり学年順位が一位に上がったのは、他にまだSP《スクールポイント》付与のイベントがなかったからだろう。

庶民ということで教師に目を付けられたことが、逆に功を奏したみたいである。

「チッ……。いけすかねぇな。アイツ。庶民の分際で」

「まったくだ。ちょっと勉強ができるからって調子に乗りやがって」


何やら一部の生徒たちからの視線を感じるな。

まあ、無理もないか。

プライドの高い貴族からすると、たとえ、一時であったとしても、俺のような庶民が学年順位一位を獲得するのは面白くないのだろう。


〜〜〜〜〜〜〜〜〜〜〜〜〜〜〜〜


授業が終わって昼休みになった。

鐘の音が響くのと同時に俺が向かったのは、学園地下にある学生食堂であった。

ただ単なる学生食堂といって侮《あなど》ることはできない。

貴族たちが普段使いをしているというだけあって、この学園の学食のレベルは驚くほど高いのである。

ふうむ。

今日の日替わりメニューは、鴨肉《かもにく》のロースト赤ワインソース添え、か。

よくもまあ、これだけ手の込んだ料理を学食で出すことができるものだな。

貴族たちが食べる昼食の相伴《しょうばん》に与《あずか》ることが、学園生活の中の密かな楽しみになっていた。


「なあ。見ろよ。アレ」

「うわっ。アイツが例の庶民か……」


席を探している途中、他の生徒たちの好奇の視線が俺に集まってくるのが分かった。

こういう扱いにはもう慣れた。

他の生徒たちと慣れ合うつもりのない俺にとっては、むしろ好都合という風に捉えておくことにしよう。


「失礼します。隣の席、良いでしょうか？」


人目を気にせずに独りで昼食をとっていると、見覚えのある少女に声をかけられる。

一つ星《シングル》貴族であるレナは、入学試験以来、何かと縁のある女だった。

むう。

それにしても、このレナとかいう女、もっと以前に会ったような気がするのだが、どうにも思い出せないな。

最初に出会った時から思っていたのだが、既視感《きしかん》の正体については、謎のままである。

「ああ。別に構わないぞ」

「えへへ。お邪魔します」

俺が許可をすると、一緒にいたルウが真っ先に俺の隣に座り始める。

レナが座ったのは、俺の向かい側だ。

結果として、右隣にルウ、向かい側にレナが同じテーブルに座ることになった。

「おい。なんだ。そのバカみたいな食事量は……」

「……それ、もしかして、ワタシに言っているのですか？」

「他に誰がいるんだよ……」

レナのプレートに盛られたのは、優に成人男性三人前の食事量を超えようかという異常なものであった。

「し、仕方ないではないですか！　頭を使うと、お腹が減るんですから！」

この食事量は、既にそういう問題を超越していると思うのだが……。
道理で、この女の発育が同年代の女と比べて、良くなるのも納得というものである。

「チッ……。昼間から女連れとは、良い御身分だな」
「まったくだ。庶民のくせに調子に乗りやがって」

などという会話をしていると、男たちの怨嗟《えんさ》の声が聞こえてくるのが分かった。
周囲の視線が集まっている気がするのは、俺の思い過ごしではないだろう。
コイツら、外見だけは、やたらと整っているからな。
一部の男子生徒から、恨みを買ってしまっているのだろう。

「さっきの授業での回答、凄《すご》かったね。アルスくんって、何処《どこ》かで魔法を習っていたの？」

「さあな。俺が何者だろうと、お前には関係ないことだろう」

「まあまあ。そう言わずに。せっかく同じクラスになったのも何かの縁なんだし」

むう。このルウとかいう女、物腰が柔らかいようでいて、意外に頑固なところがあるようだな。

顔に似合わず押しの強いやつである。

「それでは、単刀直入《たんとうちょくにゅう》に用件を話します。ワタシとルウは、パーティーを組んでクエストに出ようと思っているのです。貴方《あなた》も一緒にどうかと思いまして」

赤色の前髪を掻《か》き分け、大きな胸を張りながらレナは言った。

「クエスト？」

「王立魔法学園は、学外から様々な依頼を受けているのです。高難度のクエストを達成すれば、大量のＳＰ《スクールポイント》を獲得できるのです」

なるほど。

SP《スクールポイント》の稼《かせ》ぎ方にも色々な方法があるのだな。

場合によっては、面倒な授業を受けなくても卒業できるケースもあるわけか。

今後の参考にさせてもらうことにしよう。

「成績上位で卒業するためにはクエストの達成は不可欠です。ワタシたちは、今日からクエストを受けてみようと考えているのですよ」

見かけ通り、真面目《まじめ》な女だ。

優等生を絵にかいたようなレナの行動には頭が下がるばかりである。

「これが今日から受けられるクエストの一覧。アルスくんの興味を引くものがあると良いんだけど」

そう言ってルウは、書類の束を俺の前に差し出してくる。

せっかくなので目を通してみるか。

なるほど。

依頼の内容は様々だが、大部分を占《し》めるのは『モンスターの討伐《とうばつ》』と『犯罪者の捕獲』の二種類のようだな。

どれもこれも命の危険を伴《ともな》うという意味では一致している。

「止めておいたほうがいい。お前たちの実力では自殺行為だ」

「「…………!?」」

正直に思ったことを伝えると、二人の目の色が変わっていくのが分かった。

「何故、そのようなことを言うのです？　何事も挑戦してみないことには分かりませんよ」

「柵《さく》に囲われている羊を狼の群れに放つようなものだ。やる前から結果は見えている」

「……ワタシたちが羊だというのですか？」

「自覚がないなら猶《なお》のこと重症だな」

このクエストの中には、魔法を覚えたての初心者が達成できるようなものは何もなかった。

取り分け『犯罪者の捕獲』クエストは最悪だ。

獲得ＳＰ《スクールポイント》は高く設定されているようだが、彼女たちが関われば、悪人たちに食い物にされることは免れないだろう。

「ワタシたちのこと、何も知らないくせに……。勝手なことを言って……！」

悔《くや》しそうに唇を噛《か》んだレナは、強く拳を握って怒りに震えているようであった。

「……行きましょう。ルウ。やはり他人をアテにするのは間違いだったようです」

「ごめんね。アルスくん。この埋め合わせは絶対するから……！」

それだけ言い残すと二人の少女は、足早に俺の元から立ち去っていく。

やれやれ。

思わぬところで、食事の邪魔をされてしまったな。

もちろん、彼女たちには彼女たちなりの事情があるのだろうが、俺の知るところではない。

そうでなくとも、このところ何かと仕事が忙しいのだ。
学生同士のお遊びに付き合っている時間はなさそうだ。

8話　カジノの事件

授業が終わって放課後。
その日、俺は後輩であるサッジを引き連れて、暗黒都市《パラケノス》のカジノを訪れていた。
今日の仕事は、最近巷《ちまた》で流行しているドラッグDD《ディーツー》の取り締まりである。
俺たち《ネームレス》の仕事は、暗殺仕事だけには留まらない。
モンスターの討伐から要人の警護、場合によっては探偵仕事まで様々であった。

「レイズ」
「クッ……。コールだ」

賭《か》け金が決まり、カードが開示される。

俺の作ったフォーカードは、対戦相手のフルハウスを見事に打ち破ることになった。

「クソッ！　何故だ……。不夜の街の『ポーカー王』と呼ばれたワシが、何故こんなガキに……！」

俺に毟《むし》られた恰幅《かっぷく》の良い男は、ドンと手を叩きつけて、そのままテーブルの上に顔を伏せる。

ポーカーとは突き詰めると、互いの観察眼を競い合うゲームである。

五歳の時から裏の世界で生き抜いてきた俺が、堅気《かたぎ》の人間に観察力で劣るはずがないだろう。

「おいおい！　なんだよ。あの黒髪！」

「よく見るとまだ年端もいかねえガキじゃねえか！」

俺が勝利を重ねると、ギャラリーたちが続々とテーブルに集まってきた。

勝負はこの辺で切り上げておくか。

一般客に溶け込むために戯《たわむ》れで始めたゲームであったが、これ以上の注目を集めてしまうと仕事に影響が出る可能性がある。

儲《もう》けた金は、今後の学費の足しにでもさせてもらうことにしよう。

「流石《さすが》はアニキ！　連戦連勝ッスね～！」

勝負の場から離脱をして、一息を吐こうとすると、不肖《ふしょう》の後輩サッジが俺の傍に駆け寄ってくる。

「そっちの様子はどうなっている？」

「今のところは特に異状なしッス。相変わらずコソコソと、独り酒を決め込んでいますわ」

俺たちが何をやっているのかというと、この店で行われている麻薬取引の現場を押さえるための張り込みであった。

ターゲットの男は、一時間ほど前からカジノ内にあるバーのカウンターで待機していた。

後は麻薬取引の証拠を押さえ次第、俺たちが動くという寸法である。

「アニキ……！　やっこさんが、動き始めましたぜ……！」

おそらく取引相手の姿を確認したのだろう。

ターゲットの男は席を立って、黒服の男二人組を隣の席に招き入れているようであった。

その時、俺は黒色のスーツケースを受け渡される瞬間を見逃さなかった。

俺は取引現場を押さえるべく、身体強化魔法を使って、ターゲットの前に接近する。

「──動くな。そのケースの中身を見せてもらおうか」

銃を突きつけ、有無を言わさずに問い詰める。

「さあ。なんのことかなぁ」

その時、男の取った行動は俺にとっても少しだけ予想外のものであった。

不敵に笑ったターゲットの男は、スーツケースを宙に放り投げたのである。

異変が起きたのは、その直後のことであった。

天高くに舞い上がったスーツケースが炎を纏《まと》って落下していく。

魔法を使用した痕跡は見られない。

なるほど。

このスーツケースには証拠隠滅のため、あらかじめ発火材か何かを仕込んでいたのだろうな。


「無駄だ」


いかなる状況にも対応できるよう準備しておくのが、優れた魔法師というものである。

氷結弾《アイシクルバレット》。

俺は弾丸に水属性の魔法を付与して、落下していくスーツケースに向かって、立て続けに銃弾を発射させ、命中させる。


「なにィ――――!?」


まさか切り札として用意していた発火剤を打ち破られると思ってもいなかったのだろう。

スーツケースを氷漬けにされた男は、慌てふためいているようであった。

「サッジ。中を調べろ」

「へい！　了解しやした！」

この様子だと中を調べるまでもないようだ。

狼狽《ろうばい》した男の表情が、スーツケースの中身を如実《にょじつ》に物語っている。

「このおおおおおおおおおおおおおお！」

追い詰められたターゲットは、魔法陣の構築を開始したようだ。

ふむ。

この男、魔法師だったか。

DD《ディーツー》の取引に関わっている組織は、俺が思っていた以上に大きなものなのかもしれない。

「クハハハ！　燃え尽きろ！」

やれやれ。

この密閉された店の中で、火属性の魔法を使おうとするとは、後先を考えない男である。

だが、これは無駄な抵抗というものだろう。

俺は敵が魔法を発動するよりも迅《はや》く、敵の背後に回り込んで、銃身で頭部を殴打《おうだ》してやることにした。


「ガハッ――――!」


どんなに強力な魔法も発動前に、潰してしまえば無意味である。

俺の攻撃を受けた男は床の上に蹲《うずくま》り、ピクピクと体を痙攣《けいれん》させているようであった。


「な、なんだこいつ! やべぇよ!」

「まずい! 撤退《てったい》しろ!」


今のやり取りで実力差を悟ったのだろう。

仲間の男たちは、DD《ディーツー》の回収を諦めて、逃走を始めたようである。

無論、このまま敵を見逃してやる気は微塵《みじん》もない。

だが、この人通りの多い場所で立て続けに銃を使用すると、客たちに余計な混乱を与えることになるだろう。

「失敬。コイツを借りるぞ」

そこで俺が使用したのは、ポーカーのテーブルに置かれていたトランプのカードであった。

付与魔法発動――《耐性強化》《質量増加》。

単なる紙切れ一枚であっても、優れた魔法師が使えば、必殺の武器に変貌《へんぼう》させることができる。

俺は付与魔法で強化したトランプを人ゴミに向かって投げつけることにした。

「ぎゃっ」「ふごっ」

大きな弧を描いたトランプは、男たちの後頭部に直撃。

衝撃を受けた二人の男は、そのまま床の上を転がった。

命を奪わないのは決して優しさからではない。

後に尋問にかけて情報を引き出すためには、生け捕りにしておいた方が好都合なのだ。

「おおお！　よくやったぞ！　少年！」

「ブラボー！　ブラボー！」

瞬間、カジノの中は、大きな拍手に包まれることになる。

やれやれ。

俺たちの仕事は、カジノの余興ではないのだけどな。

酒に酔った客たちにとって、俺たちのやり取りは格好のショーとして捉えられていたのだろう。

その時、俺は野次馬の中に、見知った顔の女がいることに気付いてしまう。

「えーっと……。アルスくん、だよね……？」

ふむ。俺としたことが迂闊《うかつ》だったな。

意外なところに意外な人物に遭遇《そうぐう》してしまったものである。

そこにいたのはバーテンダーの衣装に身を包んだ青髪の少女、ルウの姿であった。

「サッジ。悪いが、少し席を外してもらえるか？」

「え？　いいんスか。アニキ。これからお待ちかねの尋問タイム……」

「いいから早く行け」

「は、はいー！」

殺気の籠《こ》もった視線を向けると、サッジは顔色を青くして退散していく。

「驚いたな。まさかアルスくんに、こんな秘密があったなんて」

バーテンダーの衣装に身を包んだルウは、俺に向かって疑惑の眼差《まなざ》しを向けていた。

不覚。まさかウチの学園の生徒が、こんな場所でアルバイトをしていたとは誤算だった。

とんだ非行少女がいたものである。

このカジノは《パラケノス》の中でも、取り分け治安が悪く、表の世界の住人は、まず寄り付かない場所なのだ。

間違っても、王立魔法学園に通うような良家の子息が、出入りするような店ではないと踏んでいたのだけどな。

「さて。なんのことかな」

「ううん。とぼけなくてもいいよ。さっきの感じでアルスくんが、何をしているのか大体分かっちゃったから」

「…………」

さてさて。

どうしたものか。

俺が《パラケノス》の治安維持のために活動する魔法師ギルド《ネームレス》の人間だということは、学内の人間には知られたくなかった情報であった。

別に知られたからといって死ぬわけではないが、後々のことを考えると余計なリスクを背負うことになりそうだ。

「アルスくんは、護衛クエストを受けている最中なんだよね？」

「ん……？」

「あれ？　違ったの？　てっきりＳＰ《スクールポイント》目当てで、仕事をしているんだと思っていたんだけど」

そうか。

どうやら俺の心配は、完全に杞憂《きゆう》だったらしい。

暗殺仕事の最中の俺は、死運鳥《ナイトホーク》の象徴である『鳥の仮面』を身に着けて、素顔を隠して行動しているのだ。

今の俺の姿を見て《ネームレス》の存在を嗅《か》ぎ取れる人間など、いるはずがないのだろう。

「いや。その認識で間違いがないぞ」

言われてみれば、学園が用意していたクエストの中には、幾つか店の用心棒を務めるクエストが用意されていたような気がする。

真偽の程はともかく、今はルウの言葉に合わせておいた方が良さそうだな。

「アルスくんはやっぱり凄《すご》いよ！　護衛クエストって、応募倍率がもの凄く高いって聞いたよ！　どうやって受かったの⁉」

「…………」

やれやれ。

窮地《きゅうち》を切り抜けられたのは良かったが、益々と面倒なことになってしまったな。

俺は適当に言葉を選んで、ルウの質問に答えていくのだった。


～～～～～～～～～～～～～～


それから。

俺はルウの勧めにより、彼女が働いているバーで時間を潰してみることにした。

『いやー。アニキも隅に置けないッスね。可愛《かわい》い子じゃないですか。いいッスよ。後の仕事はオレに任せて下さいッス！』

それというのもサッジが妙な気の利《き》かせ方をして、残りの仕事を片付けると言い始めたからである。

まあ、奴もそろそろ裏の魔法師として独り立ちをするべき時期だからな。

ここは素直に任せてみることにしよう。

「ふふふ。まさかクラスメイトに会うなんて思ってもみなかったよ」

正直、クラスメイトと深く関わるのには抵抗があるのだが、この場で出会ってしまった以上は仕方があるまい。

俺について余計な情報を吹聴《ふいちょう》されないように、それとなく釘を刺しておくべきだろう。

「驚いたのは俺も同じだ。まさか暗黒都市《ここ》で同級生に遭遇するとはな」

それぞれ隣り合っている王都《ミズガルド》と暗黒都市《パラケノス》であるが、その性質は真逆と言って良い。

特に夜の《パラケノス》は非常に治安が悪く、若い女が独りで出歩くのは相当な危険を伴《ともな》うことになる。

「この店だけじゃないけどね。全部で七つくらいかな。掛け持ちをして働いているよ」

サラリと凄いことを言い始めたぞ。この女。

「聞いても良いか。どうして貴族であるお前が、アルバイトをしているんだ？」

「そこはまあ、家庭の事情かな。ウチの家はあまり裕福じゃないし。自分の生活費くらいは自分で稼《かせ》がないとダメかと思って」

なるほど。

どうやら俺は一つ、思い違いをしていたようだ。

今まで俺は、貴族の家に生まれた人間は、何不自由のない生活を約束されたものだと考えていた。

だが、実際には違うようだ。

一つ星《シングル》ともなると、庶民《しょみん》の暮らしとそう変わらない場合もあるのだな。

「レナはこのことを知っているのか?」

「まさか。レナは真面目《まじめ》だから。教えられるはずないよ」

ふむ。幼馴染《おさななじみ》同士とはいっても、こうも性格が違うのだな。

真面目なレナとは対照的にこちらのルウは要領の良いタイプのようだ。


「ねえ。アルスくん。せっかくウチの店に来たんだから、何か注文していってよ」

「そうだな。では、ホットミルクを一つもらおうか」

「……えっ。カクテルはいいの?」

「当然だ。俺たちは未成年だからな」

「ふふふ。そうだね。私たちは未成年だったね。残念。アルスくんには格好良くシェイカーを振る姿を見てほしかったのだけどなあ」


前々から思っていたのだが、このルウとかいう女は、腹黒い一面があるようだ。

それなりに用心しておいた方が良さそうだ。

直情的なレナとは違って、コイツはそれなりに手強《てごわ》そうである。

「ねえ。私のことは話したんだから。今度はアルスくんのことを教えてよ」

「ふむ。この店のホットミルクは絶品だな。もう一杯、頂こうか」

「今、露骨に話題を逸《そ》らしているでしょ？」

こうして、お互いの腹を探り合っているうちに、刻々と夜は更けていくのだった。

―9話― 特訓の依頼

それから翌日のこと。

授業を終えた俺は『ある人物』の呼び出しにより、学園の屋上を訪れていた。

何故だろう。

凄《すご》く嫌な予感がする。

屋上の扉を開けるとそこにいたのは、運動着に着替えたルウ&レナの姿であった。

「というわけでアルスくん。今日から私たちのコーチをお願いします」

一部の隙《すき》もない美少女スマイルでルウは言った。

「すまん。何が『というわけで』なのか分からないのだが」

「前にアルスくん、言っていたよね？　私たちの実力だとクエストを受けるのは危険だって。だったら、アルスくんの力で、私たちを強化してくれるのが一番じゃないかな」


理屈としては分かるのだが、釈然としない。

この提案には致命的な欠点がある。

コーチを引き受ける側の俺に、何もメリットが存在していないのだ。


「悪いが、他を当たってくれないか？　生憎《あいにく》と俺は何かと忙しい身の上なのでな」

「まあまあ。そう言わずに。これは、アルスくんにとっても悪い話じゃないんだよ？」

「どういうことだ？」

「ウチの学園では、この先、パーティー単位で受ける試験も沢山《たくさん》あるみたいなの。だから、私たちを鍛えておくことが、将来的にアルスくんの役に立つこともあると思うよ」

「…………」


なるほど。

この話が真実であれば、僅《わず》かにではあるが俺にとっても二人を鍛えるメリットがあるというわけか。

ソロでの活動に限界がある以上、クラスメイトと協力し合うのも一つの選択肢《し》なのかもしれない。

「お願いだよ！　アルスくん！　人助けだと思って！」

はあ。

まったく、厄介《やっかい》な女と出会ってしまったものだな。

ここで依頼を断ることは簡単であるが、あまりルウの心象を悪くするのは考えものだ。

なんといっても彼女には、俺の仕事の一部始終を見られてしまったわけだからな。

コイツらが飽きるまで適当に付き合ってやる方が良いのかもしれない。

「分かった。そこまで言うのなら協力してやらないこともない」

彼女たちが俺の思惑通りに動いてくれるのであれば、今後のクエストに協力してもらう。

早々に音《ね》を上げるようであれば、キッパリと関係を断つことができる。

考え方によっては、どちらに転んでも俺にとってもメリットのある提案なのかもしれない。

「本当⁉」

「ああ。ただし、生憎と俺は他人にものを教えるのが苦手でな。少々『乱暴な方法』を取ることになるが、それでも構わないか？」

面倒ではあるが、仕方があるまい。

昨晩、仕事中の姿を見られてしまったことが、俺にとって運の尽きだったと考えることにしよう。

「もちろん。コーチの指示には絶対に従うつもりだよ」

「そっちの女もそれでいいな？」

「ワタシはまだ貴方《あなた》のことを認めたわけではありません。トレーニングの内容次第では、この話から降りさせてもらいますから」

ふう。

この調子だとルウはともかくレナの方は、早々にリタイアすることになりそうだな。

まあ、俺としては降りてくれた方が好都合なので、何も異論はないわけだが。

「それではさっそくトレーニングを開始する。といっても初日にすることは『コレ』しかないんだけどな」

覚悟を決めた俺は、ルウの唇を塞《ふさ》いだ。

「〰〰〰ッ⁉」

ふう。どうやらこの女、キスには慣れていないようだな。

普段は大人ぶってはいるが、生娘《きむすめ》であることを隠し切れていない。

「ちょっ……！　あ、あ、あ……！　貴方、何をしているのですかぁ⁉」

レナに至っては、ルウ以上に取り乱しているようである。

自分は何もされていないのに、当事者よりも取り乱しているようでは、先が思いやられるな。

裏の世界では定番のトレーニング方法なのだが、表の人間にとっては驚きが大きいのかもしれない。

「ア、アルスくん……。一体何を……？」

「直《じき》に分かる。初めは戸惑うかもしれないが、我慢しろ。手っ取り早く強くなるには、これ以上に効率的な方法は存在しないからな」

「んっ……。な、なにこれ……!?」

さっそく効果が現れ始めたようだな。

俺の魔力を体内に送り込まれたルウは、腰が抜けたかのようにその場に尻餅《しりもち》をつくことになる。

「体が熱い……！　アルスくん……。私に一体何をしたの……!?」

「安心しろ。俺の魔力を分け与えただけだ」

俺の魔力の一部を取り込んだことで、体内の温度が上がってきたのだろう。

ルウの頰《ほお》は上気して、息遣いは荒いものになっていた。

「最初のトレーニングだ。これから俺の魔力を使って、お前たちの魔力を拡張していく」

「魔力の拡張……？」

「そうだ。体内の魔力量を底上げするには、外部から取り込んでいくのが最も効率的な方法だからな」

裏の世界では俗《ぞく》に『魔力移し』と呼ばれている鍛錬法である。

懐かしいな。

最初に俺がコレを経験したのは五歳の頃だった。

俺は当時十代だったマリアナに『魔力移し』をしてもらうことによって、鍛錬のショートカットに成功したのである。

ちなみに同性の間でも効果があるらしいのだが、親父《おやじ》は頑《かたく》なに俺に『魔力移し』をする役目を拒《こば》んでいた。

親父曰《いわ》く。

なんでも『魔力移し』は、異性同士で行った方が格段に効率が上がるらしい。

この情報については、どの程度の信憑性《しんぴょうせい》があるか不明ではあるのだけどな。

「し、信じられません！　そんな方法で強くなれるなんて聞いたことがないです！」

「当然だ。この方法は未熟な魔法師に教われば、命を落とすこともある危険なものだからな」

相手がどれだけの魔力負荷に耐えられるかを見極めて、常に適量の魔力を付与していくのは、それなりに技量のいる作業になる。

この方法が表の世界に広まれば、事故が多発することになるだろう。

原理としては筋力トレーニングに近いものがある。

負荷が弱すぎれば効果はなく、強すぎれば体内の魔力糸が破裂して、重傷を負うことになるのだ。

「凄《すご》い……。これがアルスくんの魔力なんだ……！」

ふむ。これは驚いたな。

もう立ち上がることができるのか。

最初なので相当加減をしたつもりではいたのだが、これだけ早く順応するとは予想外だった。

つまり俺の与えた負荷が彼女にとっては、物足りないものだったということだろう。

案外、この女は見込みがあるのかもしれないな。


「ルウ。やはり帰りましょう。トレーニングを言い訳にキスするなんて……。この男は、やはり普通ではありません。完全に異常者です！」

「ううん。私は続ける」

「ルウ……」

「たった今、確信した。アルスくんはやっぱり凄い人なんだって。この人についていけば絶対に強くなれるって」

「そうですか……。分かりました……」

短く呟《つぶや》いたレナは、赤色のツインテールを翻《ひるがえ》して屋上を後にする。

強がってはいるが、その瞳の奥からは強い悲しみの感情が垣間《かいま》見《み》えた。

「……良かったのか？」

「いいの。私もレナも目的は同じだから。私が結果を出せば、きっとレナも考えを改めてくれると思う」


さてさて。

果たしてそんなに上手《うま》くいくものなのだろうか。

俺の鍛錬を受けることに決めたルウと、独りで鍛えることを選んだレナ。

二人の少女の道は、この瞬間から違《たが》えたものになっていくのだった。


〜〜〜〜〜〜〜〜〜〜〜〜〜〜〜


でだ。

気まぐれで俺がルウのコーチを引き受けることになってから、三日の時が過ぎた。

そうはいっても俺のすることは一日に一回、彼女に魔力を分け与えるだけなんだけどな。

授業が終わって昼休みになった。

鐘の音が響くのと同時に俺が向かったのは、学園地下にある食堂である。

おお……。

今日の日替わりメニューは、マーボー豆腐定食、か。

聞いたことのない料理名だな。

貴族の間で食されている料理だろうか？

豆腐、というのは分かる。

東の島国を発祥《はっしょう》とする、水にひたした大豆を砕《くだ》いた汁を搾《しぼ》って、『にがり』で固めた食品のことだろう。

だが、マーボーという部分に関しては謎である。

気になるな。

今日も貴族の食事の相伴《しょうばん》に与《あずか》ることにしよう。

「ねえ。アルスくん。ちょっといいかな」

学食の看板に目を通していると、何やら恥ずかしそうに視線を伏せているルウに声をかけられる。

「すまん。今は急いでいるんだ。後にしてくれるか」

既に俺が頼もうとしている日替わりメニューの前には、長蛇の列が形成されていた。

一刻も早く並びに行かなければ。

常設されている定番メニューと違って、日替わりメニューの場合は売り切れる可能性があるのだ。

「いいから早く！　緊急事態なの！」

今日のルウはいつにも増して強引であった。

力一杯、俺の手を引いたルウは、食堂を出て廊下《ろうか》を歩き始める。

「おいおい……」

これは一体どういうことだろう。

あろうことかルウが向かった場所は、男子トイレの中であった。

あまり穏やかではないな。

学園地下の男子トイレは比較的、人気《ひとけ》が少ないとはいえ、一歩間違えれば、大きな問題に発展しかねないだろう。


「なあ！　今、女の子が男子トイレに入らなかったか！」

「はあ？　何を言っているんだ。そんなことあるはずないだろう？」

「本当だって！　オレ、マジで見たんだからさ！」

案《あん》の定《じょう》、近くを通りかかった男子生徒に見られてしまったようである。

ガチリッ。

俺を個室の中に連れ込んだルウが、内側からカギをかける。

そして間髪容《かんはつい》れずに俺の唇を求めてくる。

十秒ほど継続して口付けを交わしていただろうか。

魔力を与えることで、落ち着きを取り戻したようだ。

妙に色っぽい表情を浮かべたルウは、ようやく状況を説明してくれる。

「ねえ……。これはどういうことなの……!?　アルスくんのが、欲しくて欲しくて、堪《たま》らないみたいなの！」

「………!?」

その時、俺はルウの身に起きている異変について大まかに理解した。

「落ち着け。今のお前は魔力の飢餓《きが》状態に陥《おちい》っているだけだ」

「飢餓状態……？」

「そうだ。慌てなくても良い。今のお前の症状は、何もせずとも半日も経てば治るものだからな」

現在のルウの体は、俺の魔力によって、強制的に体内の『魔力線』が拡張された状態になっている。

だが、外部から取り込まれた魔力というのは、いつまでも内側に留まっているものではない。

俺の与えた魔力が自然消滅すれば、『魔力の飢餓状態』を患《わずら》うことがあるのだ。

もっともこの『飢餓状態』は、そう長く続くものではない。

無理やり拡張していた魔力線は時間が経てば、自然な状態に戻ることになる。

このまま放置をしていても、半日以内に症状が緩和《かんわ》されるだろう。

「今ここで『魔力移し』をしても症状は治まる。この繰り返しで、徐々に魔力線は拡張して強くなっていくんだ。だから何も心配する必要はない」

「うん……」


俺の説明を聞いて、安心したからだろうか。

頬《ほお》を赤く染めたルウは、更に積極的に俺の唇を求めてくる。

それにしても、こんなに早く枯渇《こかつ》症状が出るとは想定外だったな。

既に十二分に魔力は与えているつもりだった。

もしかしたらルウの中の魔力のキャパシティは、俺が思っていたよりも広いものだったのかもしれない。

ドタドタドタッ。

その時、何やら物々しい足音が近づいてくるのが分かった。

何者かが男子トイレの中に入ってきたようだ。

「おい。ルウ。誰かが近づいてきている。一旦ストップだ」

「…………」

ダメだ、コイツ。まるで聞いていないようだ。

一心不乱に魔力を欲するルウは、人目を憚《はばか》ることなく情熱的なキスを続けていた。

「ほら見たことか。やっぱり女子なんて何処《どこ》にもいないじゃねーか」

「いや。まだ分からねーぜ。個室を調べていこう！」

やれやれ。

ここで大人しく引き返してくれれば助かったのだが、随分《ずいぶん》と好奇心旺盛《おうせい》な男たちがいたものだな。

仕方がない。

こうなった以上、乗りかかった船である。

幻惑魔法発動――《視覚誤認》。

そこで俺が使用したのは、《視覚誤認》の魔法であった。

所謂《いわゆる》『人払い』のために用いられることの多いこの魔法は、周囲の人間に錯覚《さっかく》を与えることができるものである。

だがしかし。

即興で作った《視覚誤認》の魔法など子供騙《だま》しも良いところである。

少しでも魔法の心得がある人間であれば、簡単に見破ることができるだろう。


「あれ……。マジで誰もいないぞ」

「だろ？　やっぱりお前の見間違いだって」


ふう。

ひとまず今回は、やり過ごすことができたみたいだな。

次回からは、学園の何処でも無理なく使えるよう、人払いの魔法を改良しておくとしよう。


「アルスくん……。アルスくん……」

俺の名前を呼びながらもルウは、貪欲《どんよく》に魔力を求めてくる。

やれやれ。

この女、人の気も知らないで良い気なものである。

俺は周囲にバレるかもしれないというリスクを背負いながら、ルウの中に魔力を送り続けるのだった。

一　10話　一　月例試験

それから。

俺がルウのコーチを引き受けてから、二週間ほどの時間が流れた。

「なあ。聞いたか。今日の『月例試験』の内容」

「ああ。バッチリ予習済みだ。負けられないよな。今日だけは」

明らかに教室の中の様子が浮き足立っているのが分かる。

それもそのはず。

本日は月に一度の『月例試験』が行われる予定となっているのだ。

この『月例試験』とは、生徒たちが日頃の鍛錬の成果を見せるために与えられた場所となっている。

試験の結果によって、生徒たちの保有ＳＰ《スクールポイント》は大きく増減することになるらしい。

ＳＰ《スクールポイント》の獲得は、学生たちの進級、就職にも関わってくるのだとか。

クラスメイトたちが沸き立つのも自然な流れというものだろう。

「ふふふ。バッチリです。今日の試験のために『秘策』を用意しましたよ」

「レナ。調子はどう？」

秘策、とは気になる言い方だな。

俺がルウのコーチを引き受けてからというものレナは、独自の鍛錬を積んでいたようである。

「ルウ。今日は正々堂々と勝負をしましょう！　あの男に何を吹き込まれているか知りませんが、ワタシが目を覚まさせてあげますから！」

ギラリと俺の方に睨《にら》みを利《き》かせながらもレナは言う。

やれやれ。

俺はただ、コーチの依頼を善意で引き受けただけだというのに。

随分《ずいぶん》と嫌われてしまったものである。

〜〜〜〜〜〜〜〜〜〜〜〜〜〜〜〜〜〜〜

でだ。

通常授業が終わり、件《くだん》の『月例試験』の時間がやってきた。

俺たちが訪れたのは、入学試験の時にも使用した見晴らしの良い平原エリアであった。

「静粛《せいしゅく》に。それでは今から今月の『月例試験』の説明を開始する」

『月例試験』の試験官を務めているのは、1Eの担任教師であるリアラである。

暫《しばら》く接していて分かったのだが、リアラはこの学園の中では珍しく『貴族主義』の思考に染まっていない中立的な価値観の持ち主であった。

彼女なら入学試験の担当だったブブハラと違って、不正な行為を心配する必要はなさそうである。

「向こうに用意したものを見てほしい」

そう言ってリアラが指さしたのは、草原の上に立てられた『的《まと》』であった。

ふむ。入学試験の時とは違って、あの的には何か特別な仕掛けが施《ほどこ》されているようだな。

「あそこにあるのは『試験石』と呼ばれる特別な的だ。諸君らが魔法を命中させると、その威力をスコアとして出力することができる。キミたちには、数値の大きさを競ってもらいたい」

なるほど。

入学試験の時は的に当てるだけで良かったのだが、今度は威力を測るわけか。

僅《わず》かではあるが、試験のレベルも上がっているようだな。

～～～～～～～～～～～～～～

それから。

何はともあれ『月例試験』はスタートした。

「火炎玉《ファイアボール》」「風列刃《ウインドエッジ》」


学生番号の順番に従って、魔法を構築していく。

流石《さすが》に入学試験の時と違って『的』に命中しないというケースは、激減しているようである。

魔法の威力そのものは、なんともコメントに困るレベルなのだけどな。

点数の方は、18点、5点、7点、20点、9点、11点、16点と続いていく。

クラスメイトたちの大まかな実力が分かってきた。

今までのトータルスコアを統計すると、5点から20点の間で推移しているようである。


「次、学生番号2181番、アルス」


そうこうしているうちに俺の出番が回ってきたみたいだ。

さてさて。

どうしたものか。

単に目立たないということを主眼に置くのであれば、俺も20点以内のスコアに収めておくべきなのだろう。

だがしかし。

この試験の結果は進級に関わるＳＰ《スクールポイント》が付与されることになっているのだ。

露骨に手を抜いて、進級の危機に瀕《ひん》してしまうのは、本末転倒というものだろう。

悩んだ挙句《あげく》に俺は、『ほどほどに加減した魔法』を使ってみることにした。

「火炎玉《ファイアボール》」

俺が構築したのは他の生徒たちが、構築しているのと同じ基本魔法である火炎玉《ファイアボール》である。

ふむ。

まあ、こんなものだろう。

俺の構築した火炎玉は、的に命中すると小規模な爆発を引き起こすことになる。

「「「おおおおおお！」」」

俺の点数が上がった瞬間、生徒たちの騒《ざわ》めき声が上がった。

どれどれ。

スコアは『185点』か。

これでも相当、加減をしたつもりだったのだけどな。

予想外に注目を浴びることになってしまった。

初めて受ける試験だったので、細かい点数の調整が利《き》かないのは仕方がないだろう。


「おいおい。なんだよ。あの庶民《しょみん》……」

「マジかよ……。単純計算でオレたちの十倍以上、強いっていうことなのか……⁉」


十倍か。

随分と俺も過小評価されたものだな。

だが、今回の試験で今後の指針を得たな。

これから同様の試験を受ける際は、他の生徒と比較をして、概《おおむ》ね十倍くらいの実力を持った人間として振る舞っていくことにしよう。


「次、学生番号2182番、ルウ」

俺に続いて試験を受けることになったのはルウであった。
白線の上に立ったルウが一呼吸の間の後、魔法陣の構築を開始する。
「氷結矢《アイスアロー》」
ルウの使用したのは、水属性の基本魔法である氷結矢《アイスアロー》だ。
しかし、その力強さは、以前に見た時とは見違えるように成長していた。
「「おおおおおお！」」
ルウの魔法を前にした生徒たちの間に、本日二回目となる騒めき声が上がった。
表示された数字は『102点』か。
ふむ。ルウの奴も、三桁《けた》の大台に突入したようだな。
今回の試験は、単純に魔力量が多い人間が有利だからな。
微力ながらも、訓練の成果が活《い》きたのだろう。

「やった！　やったよ！　アルスくん！」

予想を超える結果が出たことが嬉しかったのだろう。

点数を聞いたルウは、子犬のように俺の傍に駆け寄ってくる。

「これも全部、アルスくんのコーチのおかげだね」

ルウの奴はこう言っているが、実際のところは本人の頑張りによるところが大きい。

裏の世界に伝わる鍛錬法である『魔力移し』は、確かに鍛錬のショートカットをさせる効果があるが、それだけでは強くなれないケースも多いのだ。

結局のところ、強くなれるかは、本人の素質と努力にかかっているのである。

「クソッ……。どうして庶民なんかにルウさんが……！」

「まったくだ……。あんな薄汚い男の何処《どこ》が良いんだよ……」

男子たちからの嫉妬《しっと》の視線が痛い。

最初は一つ星《シングル》ということで、色眼鏡《いろめがね》で見られることが多いルウであったが、ここ最近は評価を急上昇させていた。

容姿が整っているという部分については言わずもがな。

性格に関しても人当たりが良く、（腹黒いという部分を除けば）特に欠点らしい欠点が見つからないからな。

男子からの人気が出るのは時間の問題だったのだろう。

「クソッ……！　クソクソクソッ……！　どうして三つ星《トリプル》のボクが庶民に勝てないんだ……！」

クラスの男子たちの中でも一際、異彩を放つ眼差《まなざ》しで俺を睨《にら》んでいたのは、入学試験の時から何かと縁のあるデルクであった。

デルクの成績は、ええと、『23点』か。

最初は単なるポンコツ貴族だと思っていたのだが、20点を越えているあたり、相対的には優秀な生徒だったのかもしれない。

「次、学生番号2183番、レナ」

む。最後になって、気になる生徒が現れたようだ。

朝の教室では『秘策がある』と自信に満ちた様子だったからな。

この二週間の間に、どれだけ腕を上げたのか？　お手並み拝見である。


「火炎連弾《バーニングブレット》」


レナの構築した魔法は、火属性中級魔法の《火炎連弾《バーニングブレット》》であった。

なるほど。

レナが言っていた『秘策』とはコレのことだったのか。

基本魔法である《火炎玉《ファイアボール》》に《威力上昇》の追加構文を施《ほどこ》した《火炎連弾《バーニングブレット》》は、魔法師同士の戦いで用いられることの多い高性能の魔法であった。

だが、無理に難易度の高い魔法を使ったせいだろう。

レナの構築した《火炎連弾《バーニングブレット》》には、本来の威力がなく不発に終わることになった。

「学生番号2183番、レナ、32点」

「…………ッ！」

俺の見立てによると、入学時点での二人の実力は、概ね互角か、少しだけルウが上回る程度のものであった。

だがしかし。

少なくとも今回の『月例試験』においては、二人の実力差は三倍にまで広がってしまったようだな。

「クッ……。どうして……」

点数報告を受けたレナは、目を潤ませて悔《くや》しそうに拳を握りしめる。

失敗の理由は明らかだ。

技術、魔力量、そのどちらを取ってもレナは中級魔法を扱えるレベルに至っていない。

無理をして背伸びをした結果、不当にスコアを落とすことになったのだろう。

「レナ」

幼馴染《おさななじみ》の失敗を案じたルウは、ゆっくりとレナの元に近づいていく。

「ねえ。やっぱりこれからは一緒にアルスくんにコーチをしてもらおうよ」

「…………」

ルウの問いかけにもかかわらず、レナは無言だった。

「私の点数が伸びたのも全部アルスくんのおかげなんだ。レナもアルスくんに見てもらった方が絶対に上手《うま》くいく……」

「うるさいです！」

次の瞬間、俺にとっても少し予想外のことが起こった。

あろうことかレナは、差し伸べてきたルウの手を強く払ったのである。

「少し差が開いたからって、良い気にならないで下さい！　ワタシは、ワタシのやり方で強くなってみせますから！」

「…………」

レナに叱咤《しった》されたルウは、悲しみと戸惑いが入り混じった表情を浮かべる。

やれやれ。

何やら面倒なことになりそうだな。

どうやら俺がルウのコーチを引き受けることによって、二人の関係が悪い方向に進んでしまったらしい。

11話　VS　裏の魔法師

それから。
『月例試験』が終わり、放課後となった。
そういえば試験の結果は、どうだったのだろうか。
手持《ても》ち無沙汰《ぶさた》になったところで俺は、学生カードを確認してみる。

アルス・ウィルザード
所属　　1E
保有SP　1100ポイント
学年順位　1／150
ランク　D

前に獲得した100ポイントに加えて、新たに1000ポイントを獲得していた。

合わせてランクもEからDに昇格したようだ。

聞くところによると、Bランク以上になると、二年生への進級が確定となるらしい。

ふむ。どうやら今回の試験でまた一つ進級に近づいたようだな。

引き続きＳＰ《スクールポイント》集めには気を払っていくことにしよう。

でだ。

いつも通りであれば、貧困街《スラム》のアパートに真っ直ぐ帰宅をしているところであるのだが……。

生憎《あいにく》と今日は他にやるべきことがあるようだ。

尾《つ》けられているな。

敵の数は二人だ。

一人は気配の隠し方が完全に素人《しろうと》なのだが、もう一人は明らかにプロのものである。

「いるんだろ。出てこいよ」

人気《ひとけ》のない裏路地に入ったところで俺は、振り返って、敵を誘い出してみることにした。

「ククク。調子はどうだい。ア～ルスくん♪」

耳に障《さわ》る不快な声が聞こえたかと思うと、見覚えのある顔がそこにいた。

デルクだ。

だが、その様子は明らかにおかしい。

目の焦点が合っておらず、体内の魔力量を大幅に増大させていた。

「ボクはねぇ。最高にハッピーな気分だよ！　目障りなキミをこれから始末することができるからねっ！」

ハイテンションで叫んだデルクは、腰に差した剣を抜く。

ふむ。

この動き、完全に吹っ切れて俺を殺すつもりで来ているようだ。

殺気に関しては、及第点を上げたいところであったが、残念だったな。

この殺気は自然に発生したものではない。

興奮作用。筋肉の増強。魔力の増強。

極めつけに凶暴化。

諸々《もろもろ》含めて、DD《ディーツー》の症状の典型例である。

「ヒャハハハ！　死ねエエエエエエエエエ！」

デルクの剣を受けるため、ポケットに入れていた銃で応戦する。

少し、驚いたな。

DD《ディーツー》は、既に学園の中にまで流行しているのか。

事態は俺が思っていたよりも、深刻なのかもしれない。

「どうしたよ！　庶民《しょみん》！　お前の力はその程度か！」

ここでデルクを倒すのは簡単だ。

だが、俺の勘が正しければ、近くにもう一人、隠れている人間がいるはずなのだ。

デルクを倒すのは、先にそちらを見つけてからでも遅くはないだろう。

身体強化魔法発動――《視力強化》《熱感知》。

そう判断した俺は、魔力を眼に集めて、周囲の様子を窺《うかが》ってみることにした。

いた……！

どうやら敵は、裏路地の壁にトカゲのように張り付いているようである。

それなりに高度な《視覚誤認》の魔法を使っているようだ。

こちらも魔法を使わなければ、見破ることは難しかっただろう。


「コイツで終わりだ！　ゴミカス野郎！」


まずは鬱陶《うっとう》しいデルクを黙らせてやることにするか。

俺は攻撃をヒラリと躱《かわ》すと、デルクの頭を建物の壁に打ち付けてやることにした。


「ガハッ！」


他愛《たわい》ない。

今の一撃でデルクは、失神してしまったようである。

程なくして足元をフラつかせたデルクは、裏路地のゴミ捨て場に体を埋めることになった。

ゴミになってしまったのはお前の方だったな。
できれば、そのまま目を覚ますことなく眠っていてほしいものである。
「────ッ！」
俺の戦いを見て危険を察知したのだろう。
壁に張り付いて身を隠していた男は、ゆっくりと後ずさりを開始したようだった。
逃がすか────！
間髪容《かんはつい》れずに俺は、男に向かって三発の銃弾を撃ちつけた。
悲鳴はなかった。
だが、壁を伝って流れ出た血液が、男の存在を如実《にょじつ》に表していた。
「クッ……」
やがて、《視覚誤認》の魔法を解除した男の体が、壁から剝《は》がれて地面の上に転がった。

「バカな……。たかが学生が……。オレの魔法を見破るだと……!?」

たしかに男の《視覚誤認》の魔法は、見事なものであった。

組織の人間の中でも、サッジあたりならば、上手《うま》く出し抜かれていたかもしれない。

「答えろ。お前の目的はなんだ？　どうして俺の後を尾《つ》けてきた」

銃を向けながら俺は問う。

急所は外していたが、既に三発の銃弾を受けた男は虫の息の状態であった。

どんな魔法を使っても、ここから形勢を逆転させるのは不可能だろう。

「ふふふ。ソイツは聞けねえ相談だなあ」

不敵な笑みを零《こぼ》した男は、ポケットの中からナイフを取り出した。

この期に及んで抵抗をする気か。

少しでも妙な動きをすれば、追加の弾丸をお見舞いすることにしよう。

異変に気付いたのは、俺がそんなことを考えていた直後のことであった。

「あの世でオレに聞いてみな！」

何を思ったのか男は、自らの喉《のど》にナイフを突き立てて、グリグリと押し込んでいったのである。

ふむ。

尋問を恐れて、自らの命を絶ったか。

たいした忠誠心だ。

最近はこの手のタイプの魔法師を見る機会が、めっきりと減っていたような気がする。

直接本人の口から聞くことはできなかったが、先の戦いぶりから男の目的を大まかに察することはできる。

最初はデルクに雇われていたボディーガードなのかと考えていたのだが、それにしては様子がおかしい。

男の行動には、雇い主を守る様子が全《まった》く見られなかった。

そう考えると男の目的は、薬物を摂取《せっしゅ》したデルクの動向を観察することだったと考えるのが妥当《だとう》だろう。

「————ッ⁉」


異変が起きたのは、俺がそんなことを考えていた直後のことであった。

おそらく《視覚誤認》の魔法で今の今まで隠していたのだろう。

その時、俺は男の手の甲に《逆さの王冠《リバース・クラウン》》の刻印が浮かぶのを見逃さなかった。

《逆さの王冠《リバース・クラウン》》……だと……！

禍々《まがまが》しく浮かぶその刻印は、かつてこの《パラケノス》を破滅と混沌《こんとん》に追い込いこんだ『ある組織』を象徴するものであった。

まさか……。

いや、そんなはずは……。

《逆さの王冠《リバース・クラウン》》は、『三年前の事件』で壊滅したはずなのだ。

予期せぬ光景を目の当《ま》たりにした俺は、不吉な予感を抱くのだった。

12話　危険な放課後

「ねえ。アルスくん。レナのこと、悪く思わないでほしいの」


明くる日の放課後。

夕焼けに沈む教室の中、下着のホックを留めながらもルウは言った。

一体いつからこうなったのかは覚えていない。

しかし、ルウの『強くなりたい』という気持ちが本物であるならば、俺たちが肉体関係を持つのは時間の問題だったのだろう。

『魔力移し』は、肉体関係を持つのが一番手っ取り早いのである。

放課後、人通りの少ない空き教室の中で『人払いの魔法』を使って、『魔力移し』を行うのが最近の俺たちの日課となっていた。

「なんのことだ」

「レナは私と違って昔から純粋だったの。とにかく曲がったことが大嫌いで、些細《ささい》な不正も見逃せない子だったんだ」

おそらくルウは俺がレナのことを嫌っていると思い込んで、必死にフォローをしているのだろう。

殊勝《しゅしょう》なやつだ。

別に最初から嫌ってはいないのだけどな。

たしかにレナは何かと面倒な性格をしていると思うが、生憎《あいにく》ともっと面倒な人間たちが俺の傍には多くいるのである。

「ねえ。アルスくんは、昔、この街にあったオズワルド事件のこと覚えている？」

「ああ。無論、覚えているぞ」

ルウの口からその事件の名前が出るとは意外であった。

オズワルド事件とは、今から三年前に王都《ミズガルド》で起きた過去最悪の事件である。

当時の《パラケノス》は、異常なまでに貴族を敵視する《逆さの王冠《リバース・クラウン》》という組織が幅を利《き》かせていたのだ。

事件は、三つ星《トリプル》貴族であるオズワルド家のパーティーで起きた。

《逆さの王冠《リバース・クラウン》》に所属する魔法師の手によって、貴族80人が人質に取られることになる。

彼らの要求は、この国を支配する『貴族制度の撤廃』であった。

無論、テロリストたちの要求など政府に聞き入られるはずがなかった。

その結果、人質に取られた貴族の七〇人が惨殺《ざんさつ》された。

今も公《おおやけ》に語ることが憚《はばか》られる痛ましい事件である。


「レナは、オズワルド事件の被害者なんだ」

「…………!?」


なるほど。

そういうことだったのか。

俺も三年前の事件の時には、現場に居合わせていた。

初めてレナに会った時に感じた既視感《きしかん》の正体は、三年前に出会ったことから由来していたのかもしれない。

「レナは三年前の事件で、『ある男の子』に救われているの。レナが強くなりたい理由は、その男の子に少しでも近づきたいからなんだ」

「……………」

その時、俺の脳裏《のうり》に過《よぎ》ったのは、三年前のあの日、炎に包まれた屋敷の中で助けを求める少女の姿であった。

ふむ。

段々と記憶が繋《つな》がってきたな。

おそらくレナを救った男というのは——、
バサバサバサッ！

その時、教室の窓から見える木に一羽のフクロウが留まった。

どうやら急ぎの仕事が入ったようだ。

俺は急いで、制服の上着を着ると外出の準備を整える。

「また仕事なの？」

「ああ。すまんな。一緒にいてやれなくて」

「うん。仕方がないよ。アルスくんは忙しい中、私のコーチを引き受けてくれているんだし」

このところ、組織とDD《ディーツー》を取り巻く勢力との戦闘は、激化の一途を辿《たど》っていた。

今日の戦いは、いつも以上に激しいものになりそうだ。

俺は四階の教室の窓から飛び降りると、さっそく仕事に向かうのだった。


～～～～～～～～～～～～～～～～～～


それから。

フクロウが運んできたメッセージを受け取った俺は、急ぎ《パラケノス》に向かっていた。

ふむ。

思った通り、今日の仕事は荒れそうな予感がするな。

大小様々なコンテナと、錆《さ》びた外装の倉庫が建ち並ぶ港湾のエリアは、人通りが少なく何処《どこ》となく寂れたような雰囲気《ふんいき》であった。

「サッジ。状況はどうだ？」

一足早く現場に到着していたサッジに状況を尋ねてみる。

「うーん。今のところ特に異状なしッスね。何も変わったところはないッス」

前に摑《つか》まえた《ブルーノファミリー》という『色付き』たちから得た情報だ。

どうやら今夜、この港湾の倉庫の中で、DD《ディーツー》の取引が行われる手はずとなっているらしい。

取引相手となる組織は、俺たち《ネームレス》にとって長年の宿敵であった《逆さの王冠《リバース・クラウン》》である。

一体何故？

どうして三年前の事件から姿を見せなくなっていた《逆さの王冠《リバース・クラウン》》が、再び出没するようになったのか？

詳しい事情は分からないが、今回の仕事はその詳細を知る良い機会となるかもしれない。

「気を抜くなよ。今日は、《逆さの王冠《リバース・クラウン》》のメンバーと全面戦争になる可能性がある」

「あの、アニキ。ところで、その《逆さの王冠《リバース・クラウン》》っていうのは、そんなにヤバイ連中なんスか？」


そうか。

そういえばサッジは、《逆さの王冠《リバース・クラウン》》のメンバーと交戦した経験がなかったのか。


「組織としての総合力では《ネームレス》の足元にも及ばない。だが、奴らの大半は、貴族に恨みを持った庶民《しょみん》だ。この世界では、持たざる人間ほど厄介《やっかい》なものはない。かつては、俺たち組織も苦しめられた」

「ふーん。でもまあ、アニキがいれば楽勝ッスよね。問題なしッス！」


なら良いのだけどな。

個々の戦闘能力で考えれば、負けるはずのない戦いなのだ。

だが、《逆さの王冠《リバース・クラウン》》の全盛の時代は、《ネームレス》のメンバーの三割近くが殺されたこともあった。

侮《あなど》っていると、手痛いしっぺ返しを食うことになるだろう。

「アニキ！　どうやら、さっそく、ターゲットが来たようですぜ！」

サッジに言われた方角に視線を移すと、そこで俺の視界に入ったのは、予想外過ぎる光景であった。

「あれ……？　なんだか薬の売人にしては、若すぎませんか？　学生服……？」

赤色のツインテールを揺らして歩く女の姿には見覚えがあった。

レナだ。

あのバカ……。よりにもよって、こんなタイミングで……。

どうしてレナが、この港湾に姿を現したのか？

思い当たる節が一つしかない
ウチの学園では、生徒たちが能動的にＳＰ《スクールポイント》を獲得できるクエストと呼ばれる制度が存在しているのだ。

おそらくレナは、ＳＰ《スクールポイント》欲しさに、犯罪者を捕まえるつもりでいたのだろう。

〜〜〜〜〜〜〜〜〜〜〜〜〜〜〜〜〜

一方、その頃。

時刻はアルスが港湾に到着する三〇分ほど前に遡《さかのぼ》ることになる。

ここはネオンの灯りが灯る暗黒都市《パラケノス》の繁華街《はんかがい》の中である。

学校帰りのレナは、夜の街に出向いて、日課であるクエストの達成を目指していた。

（いた……！　間違いないです。あの男ですね……！）

目当ての男を発見したレナは心の中でガッツポーズを取る。

バクラジャ・アッカーマン。

恫喝《どうかつ》、傷害、窃盗《せっとう》、その他、五つの罪で起訴されている犯罪者である。

暗黒都市で最近になって勢力を伸ばしている《色付き》である《ブルーノファミリー》のメ

ンバーであった。

『止めておいたほうがいい。お前たちの実力では自殺行為だ』

レナの脳裏《のうり》を焼き付いて離れないのは、以前にアルスをパーティーに誘う際に受けた厳しい忠告であった。

（そんなはずはありません！　ワタシの魔法は、実戦でも通用するはずです……！）

三年前に起きた《オズワルド事件》を経験して以降、レナは毎日のほとんどの時間を剣と魔法の修練に当てて過ごしてきた。

全ては、命を救ってくれた『あの人』に近づくためである。

仮面を身に着けていたため、詳しい年齢、顔立ちは分からない。

だが、事件の発生時に誰よりも早く現場に駆けつけたことから、政府に関係する魔法師部隊に所属していることは確かだろう。

魔法師として力をつけていけば、再び『あの人』に会うことができるに違いない。

それだけを心の支えにしてレナは、厳しい鍛錬に耐えてきたのである。

(あの人を捕まえれば、一気に2000ポイント獲得です……！　ルウとの順位だって、逆転するはず……！)

幼馴染《おさななじみ》のルウの急成長を受けて、レナは焦っていた。

犯罪者の捕獲クエストを達成して、大量のＳＰ《スクールポイント》を獲得すれば、幼馴染のルウも認めてくれるに違いない。

尾行を続けるレナの中には、そんな思惑が存在していたのである。

(それにしても一体、どこまで行くのでしょうか？　もう随分《ずいぶん》と歩いているような気がしますが……)

ターゲットの跡を追って、レナがやってきたのは、人気《ひとけ》のない港湾のエリアである。

(あれ……？　いない……？)

異変を感じたのは、港湾に立ち入ってから暫《しば》くしてからのことであった。

倉庫を曲がったところで、レナは、ターゲットの男を唐突《とうとつ》に見失うことになる。

「キヒヒヒヒ。嬢ちゃん、オレたちになんの用だい」

「――――ッ!?」

突如として背後より声をかけられ、レナの背筋に悪寒《おかん》が走る。

何故ならば――。

振り返ってみると、そこにいたのは、ターゲットの男と知らない男たちの姿だったからだ。

「火炎連弾《バーニングブレット》！」

何かを考えている余裕は、レナの中にはなかった。

身の危険を感じたレナは、即座に反撃の魔法を構築する。

「ゴフッ――」


だがしかし。

起死回生を懸《か》けたレナの魔法は、惜しくも不発に終わることになる。

「ああ。遅い。遅すぎるぜ。嬢ちゃん」

腹部に痛みが走るまで、自分が何をされたのか分からなかった。

魔法が発動しようとする直前、レナは男の一人に脇腹を蹴《け》り飛ばされたのだった。

「火炎連《バーニング》……」

「おらよっと！」

続けて魔法の使用を試みるレナであったが、今度は魔法陣を構築することも出来ないまま蹴り飛ばされた。

魔法陣の構築とは、高度な集中力を要するものなのだ。

恐怖に怯《おび》えて、痛みに耐えている今の状況では、万全の状況の十分の一ほどの力も発揮できないだろう。

「どんな魔法も発動できなければ意味がないぜ！　嬢ちゃんみたいな優等生の魔法師モドキが、一番狩りやすいんだよな」

今まで自分の武器だと思っていた得意の火属性魔法がまるで通用しない。

この時、レナは今まで自分が打ち込んできたものは、実戦では何の役にも立たないものだと悟った。

「ああ。いいねぇ。嬢ちゃんのその眼、最高にそそるよ」

これから起きることを想像すると、恐怖で益々と身が竦《すく》む。

何か薬物の類《たぐい》を摂取《せっしゅ》しているのだろうか。

よくよく見ると男たちの眼差《まなざ》しは、常軌を逸したレベルでギラついているようであった。

「なぁ。おい。オレ、もう我慢できねえわ」

「へへッ。こんな上物とヤレるなんて、今日は本当に運が良いぜ」

気が付くと男たちの集団は、瞬く間のうちに数を増していく。

人数が十を越えた頃には、レナの中にあった抵抗の意志が完全に潰《つい》えることになった。

(助けて……。誰か……)

レナにできることは、目を閉じて、神に祈ることくらいであった。

流れが変わったのは、男たちの魔の手が、レナの制服を剝《は》ぎ取ろうとする直前のことであった。

「ちょいと失礼。後ろ通るぜ」

「ごばっ！」

凜《りん》とした少年の声が聞こえたかと思うと、背中を蹴られた男の体が地面の上を転がった。

「────ッ!?」

その時、視界に飛び込んできた光景を受けて、思わずレナは自分の目を疑った。

何故ならば──。

そこにいたのは黒色のコートに身を包んだ少年──。

いつもとは雰囲気《ふんいき》の異なるアルスの姿であったからである。

一13話一 VS 不死身の魔法師

「何者だぁ！　テメェ！」

俺の姿を確認したゴロツキは、怒号の声を上げる。

「オレたち《ブルーノファミリー》に喧嘩《けんか》を売ろうとは、良い度胸をしているじゃねえか！」

やれやれ。

面倒なことになってしまったな。

死運鳥《ナイトホーク》の象徴である《鳥の仮面》を身に着けて出るか、最後まで悩んだが、今日は素顔のまま応戦することにした。

「貴方《あなた》、どうしてここに⁉」

「どういうことはない。お前と同じ。学園からの依頼《クエスト》だよ」

それというのもレナには、三年前に死運鳥《ナイトホーク》の姿を見られてしまっているらしいからな。

ここで再会を果たしてしまうと、後々に余計な厄介事《やっかいごと》を背負うかもしれないからだ。

「クソガキが！　舐《な》め腐りやがって！」

敵の数は十一人。そのうち魔法を使える人間の数は三人か。

ふむ。

単なるゴロツキの集団にしては、たいした戦力を用意したものである。

「ぶっ殺してやる！」

臨戦態勢に入った男たちは、それぞれ魔法陣の構築を始めているようであった。

「アギャッ！」「フギャッ！」「グエッ！」

どんな魔法も発動できなければ意味がない、か。

敵ながらも、至言《しげん》だな。

魔法が発動する直前、体を撃ち抜かれた男たちは、それぞれ苦悶《くもん》の声を漏《も》らす。

「野郎！　やりやがったな！」

早々に仲間たちが倒されて、危機意識を募《つの》らせたのだろう。

残った男たちは、銃を構えて、臨戦態勢に入っているようであった。

「レナ。しっかり捕まっていろよ」

「えっ……！」

付与魔法発動——《耐性強化》。

俺は身に纏《まと》うコートに魔力を流すことによって、簡易的な盾として使用することにした。

組織から与えられたコートは特別製だ。

希少生物のグリフォンの羽を編み込んで作ったこのコートは、何より頑丈で、魔力をよく通す。

このコートで体を覆《おお》ってやれば、流れ弾が命中しても致命傷を負うことはないだろう。

「ウソ……⁉　飛んでいる……⁉」

別に飛んでいるわけではないぞ。

コートの中に入って視界が遮《さえぎ》られているレナには分からないのだろう。

俺は、敵に狙いを絞《しぼ》らせないよう、レナを抱えたまま、暗闇の中を縦横無尽《じゅうおうむじん》に飛び回っていたのである。

「なんなんだよ。あのガキ……！」

「畜生《ちくしょう》！　どうして弾が当たらねえんだ！」

攻撃を避けながらも隙《すき》を見て、反撃をすることも忘れない。

その結果、敵集団は、一人、また一人と着実に数を減らしていくことになる。

「あ、アイツ……。あの黒コート……。もしかすると……」

「知っているのか!?」

「間違いねえよ。あの男こそ、伝説の暗殺者……。死運《ナイトホ》……アギャバァッ！」

敵の一人が危うく俺の正体を口走りそうになっていたので、早急に始末しておくことにした。

ふむ。

仮面を外した状態でも、俺が死運鳥《ナイトホーク》だと勘づく人間もいるようだな。

今後の参考にさせてもらうことにしよう。


「終わったぞ。ケガはなかったか？」


決着が付くまで、ものの二十秒としない間のことであった。

それにしても人間一人を抱えて飛び回るのが、こんなに大変だとは思いも寄らなかったな。

学校通いが続いて体が鈍っていた俺にとっては、ちょうど良い運動になった気がする。

「こ、これは一体……!?」

コートの中から顔を出して、周囲の光景を目《ま》の当たりにしたレナは、愕然《がくぜん》とした表情を浮かべていた。

「貴方、一体何者ですか……？　たった一人で、これだけのことができるなんて普通じゃありません……！」

俺が何者か、か。

なかなかに答えにくい質問を言ってくれるのだな。

俺が三年前の《オズワルド事件》で、レナの命を救った張本人《ちようほんにん》だということは、黙っておいた方が良さそうだ。

裏の世界に妙な憧れを抱くことは、今後の彼女の人生にとって大きなマイナスになるだろうからな。

「あの。もしかしてワタシたち、以前に何処《どこ》かで……」

異変が起こったのは、レナが何か決定的な台詞《せりふ》を口にしようとした直後のことであった。

何処からともなく飛んできた魔法が俺たちに向かって強襲する。

ドガッ！

ドガガガガガガガガガガガガガガアアアアアアアアアアアアアアアアアアアアアアアアアアアアン！

間一髪《かんいっぱつ》のタイミングであった。

俺はレナを抱えて跳躍し、巨大な氷の槍を回避することに成功する。

「おいおいおい。今の攻撃を躱《かわ》すかよ」

粉塵《ふんじん》が引いて、視界が開けたものになっていくと、見覚えのない男が立っていた。

男の姿を見た俺は、警戒心を強めていく。

何故ならば――。

男の掌《てのひら》には、《逆さの王冠《リバース・クラウン》》の刻印が入れられていたからである。

「お前の動き、普通じゃなかったな。何者だ！　テメェ……！」

俺の姿を見るなり、男は、殺気を剝《む》き出しにした表情を浮かべる。

その身長は一七〇センチくらい。

なぜか額に三発の弾痕を残した白髪の男であった。

「レナ。お前は先に逃げていろ」

「ワ、ワタシも戦います！　先程は遅れを取りましたが、ワタシだって！」

レナが前に出ようとするので、俺は手を出して静止する。

どう考えても目の前の男は、レナの力でなんとかなる相手ではない。

先程倒した男たちの力を合わせても、まるで比較にならない圧を感じる。

間違いない。

闇の世界を生きる《逆さの王冠《リバース・クラウン》》のメンバーの中でも、確実に上位に位置する魔法師だ。

「アニキ！　どうしたんスか！　なんか、スゲー音がしたんスけど！」

ふむ。

ちょうど良いタイミングで、ちょうど良い男が現れてくれたみたいだな。

待機命令を出していたサッジが、俺の元に駆けつける。

「お前、この子を連れて、逃げてくれるか？」

「へいっ！　合点承知《がってんしょうち》ッス！」

こういう時、良くも悪くも頭の中が空《から》っぽなサッジは、説明の手間が省《はぶ》けて助かるな。

「レナもそれでいいな？」

「…………ッ！」

言葉にはしなくても、俺の思っていたことを察してくれたのだろう。

悔《くや》し涙を浮かべたレナは、サッジと共に、引き下がってくれたようである。

ふむ。

ここで引き下がらないようであれば、殴《なぐ》ってでも戦線離脱させなければならないところだったのだが、上手《うま》くいってくれたみたいだな。

気が強そうに見えてレナは、思ったよりも、素直なところがあるのかもしれない。

「クカカカ！　安心しろ。雑魚《ざこ》には興味がねえよ。カスどもに薬を売るつもりで来てみたら、とてつもねえ上物に出会えたもんだぜ！」

どうやら男の興味は、既に俺一人に移っていたらしい。

「シャバに出てからの、久しぶりのバトルだ！　せいぜい楽しませてくれよ！」

不敵に笑った男は、魔法陣の構築を開始する。

「────ッ⁉」


随分《ずいぶん》と発動が早いな。

白髪の男は、氷の弾丸を空中に浮かべると、俺に向かって飛ばしてくる。

勝負が長引くと面倒なことになりそうだ。

付与魔法発動──《弾速強化》。

そう判断した俺は、限界までスピードを強化した銃弾を放って、一気に勝負を決めにいくことにした。


「ガハッ──!」


会心の一撃。

敵の攻撃を掻《か》い潜《くぐ》りながらも放った銃弾は、男の額を確実に捉えることになる。

魔法を使って強化をした弾丸が頭部に命中したのだ。

並みの魔法師であれば、この時点で決着が付いていただろう。

「クハハ……！　効いたぜ……！」

だがしかし。

驚いたことに男は、生きていた。

ふうむ。

ダメージを受ける直前に額を氷で纏《まと》うことで、致命傷を回避したのか。

額に三発の弾痕を残しながら生きているのは、おそらく同様の手段でダメージを軽減していたからなのだろう。

「そうか……。思い出した……！　その動き、その銃捌《さば》き……。お前、裏切り者の死運鳥《ナイトホーク》だな！」

俺の名前を知っていたか。

死運鳥《ナイトホーク》の象徴である鳥の仮面を被《かぶ》っていなくても、意外と正体がバレるものなのだな。

事前にレナを逃がしておいたのは正解だった。

もしもこの場にレナがいれば、更に面倒なことになっていただろう。

「庶民《しょみん》でありながら貴族に味方をする、どっちつかずのコウモリ野郎がっ！　待っていたぜ！　お前を殺せるその時をなぁ！」


ふう。

裏切り者、とは酷《ひど》い言い草だな。

《逆さの王冠《リバース・クラウン》》に所属するメンバーの大半は、俺と同じ魔法を使える庶民、つまりは『呪われた血』の人間であるらしい。

コイツらからすると、俺のような人間が貴族の味方をするのは、許せないことなのだろう。

続けざま、ニヤリと笑った白髪の男は、自らの頭部を指さして意外な言葉を口にする。

「この額の傷を覚えているか！　三年前にお前から受けたものだぜ！」


そうだったのか。

三年前、ということは、この男、オズワルド事件の生き残りか。

あの事件は《ネームレス》と《逆さの王冠《リバース・クラウン》》が入り乱れた全面戦争だったからな。

生憎《あいにく》と俺の方には記憶がないのだが、傷を受けた本人からすると忘れられるはずがないだろう。

「この屈辱《くつじょく》は、千倍にして返してやるぜ！」

啖呵《たんか》を切った男は、再び魔法陣の構築を開始する。

んん？

今度の攻撃は、今までのものとは、少し毛色が違うようだ。

何を思ったのか、男は自らの体に氷を纏い始めたのである。

「禁術発動――《氷装空斬》！」

初めて見る戦闘スタイルだ。

氷の鎧《よろい》を纏ったことにより、小柄な男の体は、見違えるように大きなものになっていた。

「この攻撃、受けきれるかあああぁぁぁ！」

地面を滑った男は、二本の氷の刃を交互に振り回して攻撃を仕掛けてくる。

通常、人間の体は、氷の接触に長時間、耐えられるようにできてはいない。

魔力で肉体を強化しても、それは同じことだ。

限度がある。

おそらく、この男は、並み外れて頑丈な体質なのだろう。

「覚えておけ！　不死身のジャック！　お前を殺す男の名前だ！」

不死身のジャックか。言い得て妙な通り名だな。

俺の攻撃を受けて、尚、こうして生きて立ち向かってくるとは、大した打たれ強さである。

「そら！　もらった！」

迫りくる二本の刃を躱《かわ》し続けることは難しかった。

無理やり銃身で攻撃を受けようとすると、ジャックの氷の刃によって勢い良く弾き飛ばされることになった。

「クヘヘ！　どうしたよ！　これで得意の銃はもう使えねえなあ！」

やれやれ。

よりにもよって俺から銃を弾いてしまうとは、運のない男である。

「なあ。どうして俺が仕事で銃を使うか、教えてやろうか？」

「…………？」

武器を失っても俺が顔色一つ変えないことを不審に思ったのだろう。

ジャックは攻撃の手を止めて、警戒モードに入っているようであった。

「手加減ができなくなるからだ」

無論、現場に魔力の痕跡を残したくないという面もあるが、一番の理由はコレである。

程良く力をセーブして敵を倒すには、銃という武器は都合が良いのである。

「抜かせっ！」

俺の言葉を挑発と捉えた男は、再び、間合いを詰めて攻撃を仕掛けてくる。

「ウグッ――――！」

だがしかし。
次の瞬間、男の顔は苦痛に歪むことになる。
ラッシュに次ぐ猛ラッシュ。
連続攻撃を受けた男は、身に着けていた氷の鎧を徐々に剝《は》がしていくことになった。

「バ、バカな……！　一体、何を……!?」

ジャックからすれば、さぞかし不可解な光景に映っただろう。

この攻撃は魔法ですらない。

俺は魔法になる前の『魔力の塊《かたまり》』を飛ばして、相手に攻撃を仕掛けていたのである。

もっとも、ダメージ効率は悪いので、相当な実力差がない限りは、使えるものではないんだけどな。


「火炎玉《ファイアボール》」


魔力飛ばしで、相手の足止めをした後は、普通の魔法で攻撃をすることにした。

俺が使用したのは火属性の基本魔法である《火炎玉《ファイアボール》》である。

ただし、入学試験の時に使ったような手心を加えたものではない。

実戦用にカスタマイズした本気の魔法である。


「んな……！　でか……！」


ジャックが驚くのも無理はない。

俺が使用している《火炎玉《ファイアボール》》は、通常の五倍を超えるサイズを誇っているのだ。

「ウンギャアアア！」

俺の《火炎玉《ファイアボール》》をまともに受けたジャックは、大音声《だいおんじょう》の悲鳴を上げていた。

瞬く間のうちに残った氷の鎧《よろい》を溶かしていくことになった。

ふうむ。

事前に纏《まと》っていた氷の鎧のおかげで、致命傷を逃れたか。

だが、勝負の決着は付いたも同然だろう。

立て続けに攻撃を受けたジャックは、既に虫の息になっているようだった。

「クソッ……！　覚えてやがれ！　この借りはいつか一〇〇〇倍にして返してやらぁ！」

今までの戦闘で形勢の悪さを悟ったのだろう。

大きく後ろに飛んだジャックは、逃走を開始したようであった。

ジャックが逃走するのと同時に空高くより生物が飛来する。

ワイバーンだ。

竜種の中では小型でありながらも人間によく懐くワイバーンは、移動手段として裏の世界で用いられることの多いモンスターであった。

なるほど。

魔物を使って空に逃げるつもりなのか。


「いや。今すぐに忘れて良いぞ」


お前はここで俺に殺される運命なのだからな。

俺からすれば背を向けて逃げる敵に止《とど》めを刺すことほど簡単なことはない。

敵が上空に逃げてくれるなら、魔法陣を構築するための時間を幾らでも稼《かせ》ぐことができるからな。


「火炎葬槍《グングニル》」

そこで俺が使用したのは、火属性（超級）に位置する煉獄《れんごく》であった。

合計で七つの追加構文を用いて作ったこの魔法は、入学試験の時に俺が使用したのと同一のものである。

「なにイイイイイイイイイィィィ!?」

ジャックからすると、俺と十分に距離を取って油断をしていたのだろうな。

「グギャアア!?」

背後から巨大な炎に呑《の》まれることになったジャックは、断末魔《だんまつま》の叫びを残して、黒焦げになって海の中に沈没していく。

それにしても予想外だったな。

こうしてまた《逆さの王冠《リバース・クラウン》》のメンバーが現れて、悪事を働くことになるとは。

暗黒都市を取り巻く環境は、再び、悪化を遂《と》げていくことになるかもしれない。
消し炭となった男の最後を見届けながら、俺はそんなことを思うのであった。

―エピローグ―　些細な変化

それからのことを話そうと思う。

湾港での戦いが終わって直ぐのこと。

俺は仕事の報告をするため、親父《おやじ》の待っているバーの個室を訪れていた。

「そうか。《逆さの王冠《リバース・クラウン》》の奴らが、戦線に復帰したか」

もしかしたら同様の報告を既に別の人間からも受けていたのかもしれない。

俺の報告を受けた親父は、さして驚く素振りを見せずにグラスをテーブルに置く。

「なあ。親父。やはり俺は学校を辞めて、仕事に専念するべきではないのか」

実のところ、DD《ディーツー》が暗黒都市に出回る情報を聞いてから、ずっと考えていたことであった。

魔法師ギルド《ネームレス》は少数精鋭を謳《うた》う戦闘組織である。

詳しい全容は、末端の人間には知る由《よし》もないことだが、現場に出るメンバーはせいぜい二〇人程度のものである。

メンバーの分母を考えると俺が抜けた穴は決して小さなものではないはずなのだ。

「その必要はない。お前は今まで通り、学校を優先してくれ」

「いや、しかし……」

「お前の心配は無用だぜ。今回の件を受けて、オレも久しぶりに現場に復帰することにしたからな」

「…………!?」

親父が現場に出るのはいつ以来だろうか。

たしか三年前のオズワルド事件を契機に、親父は前線から退いていたはずである。

「今回の山はそんなに大きなものなのか？」

「別にどうってことはないさ。たまには運動しとかないと、体が鈍ると思っただけよ」

どうして三年前に滅びたはずの《逆さの王冠《リバース・クラウン》》が再び、姿を現したのか。

組織の末端でしかない俺には、その理由はわからない。

俺にできることは、与えられた任務を着々とこなすことだけだろう。

「ところでアルよ。学校は楽しんでいるか?」

「ああ。まあ、それなりにな」

「ふふふ。そうか。ソイツは何よりだ。せっかくだから学校のことを教えてくれよ。お前が何をやっているのか、個人的に興味がある」

露骨に話題を逸《そ》らされている気がして釈然としないが、他に酒の席で語るような話もないのは事実である。

思い返せば、親父とこうやって仕事以外で長話をするのは、初めてな気がする。

こうして学校の中であった、取るに足らない出来事を語っていくうちに、夜は更けていくのであった。

〜〜〜〜〜〜〜〜〜〜〜〜〜〜


湾港の事件から数日が過ぎた。

あの事件が起きてからＤＤ《ディーツー》をめぐる争いは、一時的に収束を迎えることになった。

それからというもの俺は、いつもと変わらない日常を過ごしている。

けれども、ただ一点、俺の学園生活には些細《ささい》な変化が訪れていた。

「ほら。せっかくアルスくんが時間を作って教えてくれたんだから、挨拶《あいさつ》をしなくちゃ」

「わ、分かっています。それくらい！」

授業が終わって放課後。

ルウに呼び出されて、屋上に来てみると、そこには運動着に着替えたレナの姿があった。

「こ、これから、よろしくお願いします。コーチ」

ふむ。以前はあれほど反対していたのに、たいした変わりようである。

おそらく独学での鍛錬に限界を感じたようだな。

湾港の事件を経験してからレナの中でも何かしら、意識の変化が生じたようだな。

「まあ、教える相手が一人増えるのは構わないのだが、それなりの覚悟はしてきたんだろうな？」

「分かっていますよ！　す、すればいいのでしょう！　すれば！」

頬《ほお》を赤らめたレナは眼を閉じて、俺の方に唇を向けている。

うーん。

どうやらレナのやつは、根本的な部分で何か勘違いをしているようだな。

俺は制服のポケットからキャンディを取り出すと、唇の代わりにレナの口の中に突っ込んでおく。

「ふえ!?　あ、甘い!?」

裏の世界に伝わる『魔力入りキャンディ』だ。
舐《な》めれば『魔力移し』と同様の効果を得られるが、こちらは刺激が薄く調整されている。総じて魔法を覚えたての初心者に有効なアイテムである。

「お前はルウと比べて、潜在魔力量が低いからな。キスはまだ早い。魔力入りのキャンディを渡しておくから、まずはソイツを舐めるところから始めてみろ」

「…………」

俺の説明を受けたレナは暫《しばら》く『何がなんだか分からない』といった感じの表情を浮かべていた。

だがしかし。
遅蒔《おそま》きながらも、自分だけが舞い上がっていたことに気付いたのだろう。
やがて、こちらに対して殺気の籠《こ》もった眼差《まなざ》しを向けてきた。

「クッ……！　この男は何処《どこ》までも……。乙女《おとめ》の純情を弄《もてあそ》んで！」
「レナ。お、落ち着いて！　アルス君の言うことを聞くって約束したでしょ。ね？」

やれやれ。

騒がしい同級生たちに囲まれた俺の学園生活は、もう暫くの間、続いていくことになりそうだった。

あとがき

柑橘《かんきつ》ゆすらです。

『王立魔法学園の最下生』、如何《いかが》でしたでしょうか。

初めてダッシュエックス文庫で本を出させてもらってから、四年の月日が経ちました。

本シリーズは集英社で、五作目のライトノベル作品となります。

レーベルの雰囲気《ふんいき》が好きなので、自分でもビックリするくらい定住してしまっています。

今回は少し創作論的なことを語っていこうと思います。

ライトノベルの新シリーズを立ち上げる時に、私は『個人的なテーマ』を立ち上げることを大切にしています。

このテーマは、自分にとって新鮮味のあるものほど良いです。

同じような題材、同じような設定で作品を書いていると、書くことにも段々と飽《あ》きてきて作品は『熱量』を失っていきます。

私はこの『熱量』こそが、ライトノベルに一番重要な要素だと考えています。

何より作者が自信を持って、楽しんで書いていないと、読者が楽しめるはずがないのですよね。

で、この作品で私が最重要として考えていたテーマは、ズバリ、ダブルフェイスです。

昼は普通の学生として、夜は暗殺者として生活する。

そういう主人公が描きたかったのです。

表と裏の顔を使い分けるキャラクター、とても格好良いですよね。

その他にもこの作品は、既存の異世界ファンタジーとは異なるアイデアを色々と盛り込んでみました。楽しんで頂けると幸いです。

（コミックの宣伝）

大変、有り難いことにこの作品は、小説と同時にコミカライズの企画を動かして頂けることになりました。

作画を務めてくれるのは、新人マンガ家さんの長月郁《ながつきふみ》さんです。

担当編集さんに『どんなマンガ家さんが良いか？』という風に聞かれたので、『とにかく絵が上手《うま》い人が良いです！』というリクエストを送ったところ、紹介して頂けることになりました。

暫《しばら》く一緒に仕事をしてみて、長月さんの作画力、対応力には驚きの連続です。

このクラスの才能が、連載未経験のまま眠っていたことに驚きを禁じ得ません。

集英社のマンガ家さんたちの層の厚さを痛感しました。

巻末には、長月さんが描いたアルスたちのキャラクターデザインを収録して頂きました。

とにかく新人離れした凄《すご》く絵が上手いマンガ家さんですので、小説版が肌に合わなかったという方でも一見の価値はあると思います！

大変オススメできる内容になっていますよ！

（重大発表）

気になる連載媒体《ばいたい》ですが、『週刊ヤングジャンプ』での連載を予定しています。

そうです。あの、超々人気作品の『キングダム』や『かぐや様は告らせたい』などでお馴染《なじ》みの『週刊ヤングジャンプ』です。

私は小学生の頃から大のヤンジャンファンでして、読者としても、毎週欠かさずに読んでいます。

今までWEB媒体でのコミック連載は経験していたのですが、紙媒体での連載は初めてとなります。今からワクワクが止まりません。

どんな風にコミックが展開されていくのか？　読者の方も楽しみにして頂ければと思います。

それでは。

次の巻でも読者の皆様と出会えることを祈りつつ――。

柑橘ゆすら

ダッシュエックス文庫

王立魔法学園の最下生
～貧困街《スラム》上がりの最強魔法師、貴族だらけの学園で無双する～

柑橘ゆすら

2021年1月30日　第1刷発行

★定価はカバーに表示してあります

発行者　北畠輝幸
発行所　株式会社　集英社
〒101−8050　東京都千代田区一ツ橋2−5−10
03(3230)6229(編集)
03(3230)6393(販売／書店専用)　03(3230)6080(読者係)
印刷所　株式会社美松堂／中央精版印刷株式会社

ISBN978-4-08-631400-8 C0193

連載開始!!
原作 柑橘ゆすら
漫画 長月郁

漫画でも
アルスが
圧倒的に
最強!!
週刊ヤングジャンプ本誌にて
（1/28 発売 YJ9 号）
コミカライズ
王立魔法学園の最下生
～貧困街《スラム》上がりの最強魔法師、貴族だらけの学園で無双する～

コミカライズ版 長月 郁 先生

キャラデザインラフ画特別公開！

アルス・ウィルザード

レナ

Characters design

ルウ

サッジ

Characters design

最強×転生
The strongest
The reincarnation
最強の魔術師が、異世界で無双する!!
超規格外学園魔術ファンタジー!!
劣等眼の転生魔術師
～虐げられた元勇者は未来の世界を余裕で生き抜く～
柑橘ゆすら
illustration
ミユキルリア
The reincarnation
magician of
the inferior eyes.

STORY

生まれ持った眼の色によって能力が決められる世界で、圧倒的な力を持った天才魔術師がいた。

男の名前はアベル。強力すぎる能力ゆえ、仲間たちにすらうとまれたアベルは、理想の世界を求めて、遥か未来に魂を転生させる。

しかし、未来の世界では何故かアベルの持つ至高の目が『劣等眼』と呼ばれ、バカにされるようになっていた！　ボンボン貴族に絡まれ、謂れのない差別を受けるアベル。だが、文明の発達により魔術師の能力が著しく衰えた未来の世界では、アベルの持つ『琥珀眼』は人間の理解を超える超規格外の力を秘めていた！

過去からやってきた最強の英雄は、自由気ままに未来の魔術師たちの常識をぶち壊していく！